地獄の沙汰も黄金次第
~会社をクビになったけど、錬金術とかいう
チートスキルを手に入れたので人生一発逆転を目指します~
2
出雲大吉
illust. カリマリカ

朝倉カエデ
桜井サツキ

横川ナナカ
「黄金を見せてやるって言ったでしょ？　世の中はね、お金なの、お金」
エレノア・オーシャン

クレア・ウォーカー
ハリー・ベーカー
「結んでちょうだい」

「は？　私が？」

「お願い」

「あなた、お姫様か何か？」

「実はそうなの」

「はいはい」

地獄の沙汰も黄金次第
～会社をクビになったけど、錬金術とかいう
チートスキルを手に入れたので人生一発逆転を目指します～
2
出雲大吉
illust. カリマリカ

CONTENTS

Jigoku no sata mo ougonshidai

Daikichi Izumo
& CARIMARICA
presents

第一章 —— Chapter 1

俺は昔馴染みの男に呼ばれたので、とあるビルに入り、受付も通さずにエレベーターに乗った。

そして、目的の階層に着いたため、エレベーターから降り、とある部屋にノックもせずに入る。

すると、メガネをかけた初老の爺さんが不機嫌そうな顔で俺を見てきた。

「ハリー、ノックをしろ。というか、受付を通せ。何も聞いておらんぞ」

爺さんが苦言を呈しながら立ち上がり、デスクから離れ、俺のもとに来る。

「面倒なのはごめんだぜ。それよりも、ノーマン、久しぶりだなー。元気だったか？」

ノーマンの苦言を無視し、握手しながらノーマンの肩をバンバンと叩いた。

「見ればわかるだろう。あちこちがダメだ。先週も病院の検査で引っかかったよ」

昔のノーマンは屈強な身体をしていたが、今は老いており、ただの爺さんだ。しかしながら鋭い眼光と怖い雰囲気だけは変わらない。

「タバコを吸うからだろ」

「五年前にやめたよ」

「ひゅー」

あのヘビースモーカーだったノーマンがタバコをやめたのは驚きだ。

「長生きしな。で？　何の用だ？　俺を呼び出すなんてどういう風の吹き回しだよ」

ノーマンは元上司というか、上官だ。

「しばし待て。クレアも呼んでいる」

クレア？

「おいおい、クレアも呼んでんのか？　ってことは冒険者関係ってことか？」

俺もクレアも元は軍人である。もっと言えば、クレアは同期だ。そして、俺と同じくこの爺さんの部下だった。

「そういうことだ。話はクレアが来てからだ」

「ふーん」

待つのがだるいなーと思いながらタバコに火をつけ、ソファーに座った。

「禁煙した者の部屋でタバコを吸うかね？」

「死んでもタバコはやめねーって言ってたじゃねーか。吸え、吸え」

「お前もこの歳になればわかるさ」

ノーマンはそう苦笑し、対面のソファーに座った。

「ガキは元気か？」

「元気さ。バカな男だ。軍人になりおった」

ひゅー。あのガキがもうそこまで大人になったのかよ。時が経つのははえーわ。

「そら、バカだ。親父に似たな」

「タバコまで吸っている。ダメなところばかり似おったわ」

「将来有望だねー。そのうちどこぞの女を孕ませてあんたに殴られるぜ」

「その話はやめろ」

やんちゃの息子はやんちゃするんだよ。俺は独身だがね。

「くだらない話をしているわねー。昔の嫌な思い出がよみがえったわ」

声がしたので扉の方を見ると、金髪の女が立っていた。俺達の待ち人であるクレアだ。

「クレア、ノックぐらいしろよ」

というか、いつ扉を開けたんだよ。まったく音がしなかったぞ。

「ったく……どいつもこいつも礼儀を知らん」

ノーマンが嫌そうな顔をした。

「そういうのを教えた上官が悪かったんじゃない？　よくクソ虫って呼ばれたわ」

クレアがそう言いながら俺の隣に座り、タバコを吸い出した。

「懐かしいな。おい、聞けよ、クレア。ノーマンの奴、禁煙だとよ」

「ここ数年で一番笑える話ね。シャワーを浴びながらタバコを吸う男って呼ばれてたのに」

マジで懐かしいわ。

「お前らと話していると、頭が痛くなるよ。相変わらずのバカ共が……」

ノーマンが首を横に振る。

「で？　なんで私らは呼ばれたわけ？　遺言でも残す気？」

「財産は息子に譲った方がいいぞ」

嫁さんも健在だろ。

「口の減らないガキ共だ……そんなわけがないだろう。大事な話だ」

もうすぐで四十歳になるっていうのにガキ呼ばわりだよ。

「何かしら？」

「仕事だ」

「ギルドを通してよ。私ら冒険者よ？」

俺とクレアは軍を退役し、冒険者となった。自分で言うのもなんだが、今ではＡランク冒険者として、アメリカでは大人気だ。

「大事な案件だ。察しろ」

大事な案件、ね。

「何よ？」

クレアも察したらしく、真面目に聞く。

「お前達、現在、日本を騒がせているこの女を知っているか？」

ノーマンが懐から一枚の写真を取り出し、テーブルに置いた。俺とクレアは身を乗り出し、その写真を見る。

「誰、このガキ？」

「なげー髪だな」

金髪だが、腰くらいまである。そんな女が自動販売機の前でコーラを飲んでいた。

「この女は日本のギルドオークションでアイテム袋を出品した」

「え!?　このガキンチョがエレノア・オーシャン!?」

「これがあの黄金の魔女かよ」

　名前は知っているが、初めて見た。確かにあだ名の通り金色が目立つが、思ったよりもずっと若い。

「ガキではない。日本人だからな、若く見える。本当に日本人ならば、だが」

　ノーマンが含みを持たせた言い方をする。

「この女が何よ?　というか、なんで日本人以外は入札がダメなのよ!　私だって、百キロも入るアイテム袋が欲しかったわ!」

　こいつもアイテム袋が欲しかった口か。俺もだ。アイテム袋はいくらあっても足りるということはない。

「その辺りは後で話す。何も問題ない」

「信じるわよ」

「ああ……」

　ヒートアップしていたクレアの熱も冷めたようだ。

「で、ノーマン、この女が何だ?」

「これを見てほしい」

　ノーマンが今度はスマホを取り出し、画面を見せてくる。

「息子の成長記録か？　それともワイフの自慢か？」

「そんなものをお前達に見せん。これは昨日、日本のテレビ番組にこの魔女が出演したものだ」

　魔女のくせにテレビに出るのか？　現代的な魔女だなー。

「それが何よ？」

　クレアが眉をひそめる。

「とりあえず見ろ」

　ノーマンがスマホの再生ボタンを押す。

『はい。よろしくお願いします。では、早速ですが、エレノアさん。エレノアさんは先日、アイテム袋をオークションに出されましたよね？』

　アナウンサーらしき女が日本語でしゃべっている。

『ふふっ。そうね、出したわ』

　ん!?　なんだ？

　強烈な違和感を覚えていると、ノーマンが動画を止めた。

「どうだ？」

　ノーマンが聞いてきた。

「ちょ、ちょっと待ちなさい！　もう一度！　もう一度聞かせて！」

　クレアが慌てる。

「ノーマン、俺もだ」

「わかった」

ノーマンがスマホを操作し、再生ボタンを押す。

『……何のデモンストレーションでしょう？　私は一冒険者であり、デモンストレーションをする意味がありません。それにルーキーですのでスポンサーもおりません』

おいおい！　なんだこれ⁉

ノーマンは停止ボタンを押すと、スマホをしまった。

「何これ？　英語？　日本語？　フランス語？」

「俺には英語と日本語とドイツ語に聞こえたぜ」

「は？」

「俺も『は？』だわ」

意味がわからない。この女のしゃべっている言葉は俺が知るどの言語にも当てはまっている。

正直、気持ち悪い。

「この動画をあらゆる国籍の者に見せた。すると、全員がこの女の話している言葉の意味を理解できた……この魔女の言葉だけな」

確かにアナウンサーの方は確実に日本語だった。

「どういうことだよ？」

「そうよ、意味わかんない」

理解ができるわけがない。

「ひとまず、これは置いておく。次だ。正直、お前達を残念に思う。Aランクになり、金を儲けて浮かれたか?」

いきなり、ノーマンが俺とクレアをバカにしてきた。

「どういう意味よ?」

「言葉を選べ、ノーマン。いくらあんたでも怒る時は怒るぜ」

昔はめちゃくちゃ怖かったが、今はヨボヨボの爺さんだ。

「ほう、そうか……では、この魔女が次のオークションを開催することは当然、知っているな?」

え?

「どういうことよ?」

クレアが再び、眉をひそめる。

「バカ共が!!　常にアンテナを張っておけ!　この女、今度は千キロのアイテム袋をオークションにかけたぞ!　いまや、日本だけでなく、世界中がこの黄金の魔女に注目だ!」

千キロ……だと!?

「冗談じゃないわよね?」

「冗談でお前らを呼ばん」

「おいおい、千キロはねーよ。俺だって持っているのは二百キロだぜ?」

「私もよ」

千キロなんて冗談としか思えない。

「ついでにもう一つ教えてやる。今度も二個だそうだ。つまり千キロのアイテム袋を二個も出品した！」

……は？

「バカげてる！」

「そうよ！　ありえないわ！」

「この魔女いわく、ありえないことがありえない、だそうだ」

マジかよ……

「この女、何者だ？」

ごくりとつばを飲み込み、ノーマンに聞く。

「さっきの話に戻る。この女の言葉はありとあらゆる言語に聞こえる。それはいいな？」

「ああ……」

「そうね。それは理解できないけど納得する」

俺も理解はできないが、実際にそうなのだから納得するしかない。

「実はな、このような言葉を聞くのは初めてではないんだ」

「ん？　こんな謎言語があるのか？」

当たり前だが、聞いたことない。

「ああ、それは三十年前だ」

三十年前……

「まさか⁉」

「そうだ。かつて、この世界にゲートが開き、そこから現れた者がしゃべっていた言葉だ。その者達との交渉にかつての大統領は多くの者を出席させた。そして、同じ現象が起きた。今のお前らと同じだ」

ということは……

「この女、フロンティア人か！」

「嘘！　なんでいるの⁉」

フロンティア人は最初の交渉以来、ほとんど接触していないはずだ。そもそも謎だらけでどういう人種でどういう人間なのかもわからない。いや、そもそも人なのかすらわかっていない。それを知っているのは各国の首脳と一部の人間だけ。

「少なくとも、その可能性が非常に高い。何故、日本にいるのか、この者がフロンティア人として、どのような地位にいるのかは一切不明だ。だがな、我らはこの女がフロンティア人であるという仮定で動くことになった」

「ホントかよ……」

「我らはこの女が最初にオークションを開催した時から不審に思い、この女を徹底的に調べた。その結果、この女のすべての情報がでたらめであることがわかった。そもそも、日本どころか世界中のどこにもエレノア・オーシャンという名前の人間はいない」

ありえるのは……フロンティア。

「これ、ヤバいだろ」

「ああ、ヤバい。ようやく目が覚めたか？」

そら、覚めるわ。泥酔してても覚める。

「それで？　どうするの？　この女を確保する？」

この女は危ない。我が国で確保すべきだ。

「いや、逆だ」

「逆？　いや、確保すべきでしょう」

俺もそう思う。

「この魔女の知名度はもはや世界レベルだ。そんな者を無理やり誘拐できん。だが、幸いなことに魔女がいるのは日本だ。日本と我が国はベストフレンド。どうとでもなる。問題は……」

他国か！

「そりゃ、確かに俺らの力が必要だわな。ベストフレンドの危機を見過ごせん」

「そうだ。ロシア、中国は牽制しているからまだいいが、問題は例の国々だ」

フロンティアとの条約を破り、ゲートを閉ざされた国々か……

「なるほど。護衛しろってことね」

「そういうことだ。日本は我が国の最大の友好国だ。逆も然り。すでに日本政府には話を通してある。行け！」

「それはいいけど、表向きの理由は？」

確かにＡランクの俺らが日本に行ったら怪しまれる。

「さっきのオークションだ。日本国籍を持つ者だけが参加できるという制限を取り除かせる。これがもう一つの指令だ。千キロのアイテム袋は我が国の冒険者が持つにふさわしい。違うか？」

違わない。

「援助はあるんだろうな？」

「してもいいが、その時の所有権は政府になる。それでもいいなら出そう」

冗談じゃねー。

「チッ！　貯金はいくらあったかな？」

「ふふっ。ご愁傷様。少なくとも一個は私の物ね。日々の努力が物を言うの」

こいつ、相当溜め込んでやがるな。

「ハリー、クレア、お前達はバカだが、それでもこの国最高の冒険者だ。敵のことを考えると、この任務をこなせるのはお前達しかいない。直ちに日本に行け！　黄金の魔女を守りつつ、アイテム袋を落札しろ！　言っておく……これは大統領命だ!!」

「「イェッサー!!」」

俺とクレアは即座に立ち上がると、姿勢を正し、何年か振りの敬礼をした。

◆◇◆

「見て見て、カエデちゃん！　空き缶で回復ポーションを作ったらアルミフラスコができた！」

俺は隣でスマホに目を落としているカエデちゃんにアルミフラスコポーションを見せる。

「良かったですねー……で？　どうしましょうか？」

カエデちゃんが真顔で聞いてきた。

「う、うん。どうしよっか？」

俺とカエデちゃんは北海道で泊まった後、午前中には飛行機に乗り、東京に戻った。そして、昼過ぎには俺の家に着いていた。

実は今日は俺の家で一緒に住む部屋を探そうということになっていたのだ。なので、当然、二人で部屋探しをして……いなかった。何故なら、昨日の俺が出た番組がとてもバズっているからだ。理由は……

現実逃避用のアルミフラスコポーションを置き、スマホを見る。

【魔女、謎の言語を話す！】

【すべての人に通じる言葉⁉】

【黄金の魔女は人か魔か⁉】

うーん、失敗、失敗。てへっ！

家に戻り、カエデちゃんとキャッキャしながら部屋探しをしていると、急にカエデちゃんが真顔になったのだ。

「これ、例の翻訳ポーションのせいですよね？」

「だね。飲んだもん」

「バカ！　先輩のバカ！　何をしてんですか⁉」

カエデちゃんが俺の首を絞めてくる。

力は入ってないけどね。

「いやね、あいつら、難しい英語の単語とか使ってくるんだもん。ミステリアスがバカだとマズいじゃん。だから飲んでいったの」

アンバサダーとか知らねーもん。

「ミステリアスすぎでしょ！　先輩の言葉だけ日本人だけじゃなく、アメリカ人にも中国人にも通じるから意味不明ってなってますよ！」

まあ、それが翻訳ポーションだし。

「やってしまったものは仕方がないじゃん。さっさと、翻訳ポーションのことを発表しようぜ。スライムからドロップしたってことにしてさ」

「何でもかんでもスライムですか……スライム狩りが起きませんかね？」

スライム君、かわいそう。

「大丈夫、大丈夫、もう誰も信じないよ。千キロのアイテム袋がスライムからドロップしたってことにしたんだよ？　アホかってんだ」

しかも、二個。誰も信じない。信じるわけがない。

「エレノアさんはもはや、完全に人外扱いですね。フロンティア人って説まであります」

フロンティア人なんて見たことすらねーわ。

「ミステリアス路線は成功だったね。ミステリアスすぎるけど」

「まあ、遅かれ早かれこうはなりますよね。開き直りでいきますか」

結局はそこに行きつく。何をするにしても注目を集めるのはわかっていたことだ。

「そそ。明日、エレノアの姿でギルドに行くからサツキさんに話しにいこう」

「わかりました。早めに来てください」

「了解」

「ハァ……ギルマス、荒れてないといいなー」

カエデちゃんがため息をつき、肩を落とす。

「大丈夫だよ。あの人、金にしか目がいってないでしょ。それよりさ、部屋を探そうよ。俺、さすがにもう引っ越したい」

昨日、泊まったホテルは結構良い部屋だった。そこに泊まり、ウチに帰ってくると、さすがにへこむ。冬になるまでにあのせんべい布団から卒業したい。

「まあ、そうですねー。私もこの趣のある部屋は飽きました」

こんな部屋、一回目で飽きるわ。それなのに、俺はここに四年も住んでるんだぞ。

「でしょー。探そ、探そ」

俺とカエデちゃんのことは置いておき、スマホで部屋を探し始める。

ぶっちゃけ、エレノア・オーシャンはいつでも行方不明にできるのだ。それまでにいくら稼ぐかの勝負でしかない。少なくとも、一億六千万はすでにある。これに今度の千キロのアイテム袋売却代があれば、カエデちゃんと二人で生きる分には問題ないのだ。

「先輩、２ＬＤＫくらいがいいと思うんですけど、どう思います？」

俺とカエデちゃんの部屋、リビング、ダイニングキッチン。

まあ、そんなもんだろう。

「いいんじゃないかな？　広すぎても掃除が大変だし、荷物が多くなってもアイテム袋がある」

「ですよねー。というか、アイテム袋があれば、引っ越しも楽ちんでいいですね」

ホント、ホント。

「だね。じゃあ、その路線で探そうよ」

「そうしますか……先輩は何か希望があります？」

「希望？」

「立地とか新築がいいとかです」

特にない……どこだろうが、ここよりはいいし。

「カエデちゃんのおすすめでいいよ。俺は自由業だし、おしゃれさんのカエデちゃんが決めた方がいい。金は考えなくていいから」

「ですかー……まあ、男の人はそんなもんですよねー」

おや？

「カエデちゃんの前彼とかそんなんだった？」

大学時代に彼氏いたっけ？　あ、でも、俺の卒業後にできたのかもしれない。もちろん、社会人時代の可能性もある。

「前彼なんていませんよー。高校時代は部活ばっかだったし、大学は遊んでました。社会人は……そんな余裕も出会いもないです」

まあね。社会人になると厳しい。俺もだし。

「そうなんだ」

「あー……私、大学生の弟がいるんです。その弟がこんな感じでしたね。親に任せっきりです」

こんな感じ？　カエデちゃんは俺の親なん？

「弟いるんだー」

知らなかった。

「先輩は？」

「一人っ子」

「っぽいですねー」

そうかなー？

「うーん、それにしても、２ＬＤＫって結構あるね」

「ですねー。先輩が前に言っていたことがわかります。確かに予算の上限がないと、どれがいいか悩みます」

普通は家を借りる時にまず、家賃から決めるだろう。だが、その家賃の上限がないと、選択肢が多すぎて悩んでしまうのだ。

「だよね。いっそ、プロに任せる？」

「プロ？　ああ、不動産屋に聞くってことですか……そうしますか」

実際におすすめを見た方がいいだろう。

「じゃあ、行ってみる？　平日だし、いけるっしょ」

「いいですね。あ、先輩に先に言っておきますが、部屋の名義は私にします」

「んー？　なんで？　金は俺が全部払うよ？」

まさか、別れた後のことを考えて⁉（付き合ってない）

「先輩は厳しいかもしれません。Ｆランクの冒険者ですもん。せめてＤはないと……」

あ、審査が下りないのか……

「なるほどね。じゃあ、そうしよう。どっちでもいいし」

「すみません。全部出してもらうのに」

「気にしない、気にしない。俺がカエデちゃんと一緒にいたいだけだし」

「先輩……一生、寄生します」

言葉のチョイスよ。

「しろ、しろ。ハリガネムシになれ。それよかさ、俺っていつまでＦランクなん？」

「申請すればＥになれますね」

なれるんかーい。

「そうなの？」

「ランクはギルド職員の裁量及びギルマスの許可で決まります。専属の私的に見ると、先輩はEです。実力はともかく、経験がまだ浅いからDはちょっと許可できませんね」

　真面目に評価してるわ。

「ふーん、じゃあ、申請しよ」

「いいと思います。ランクが上がっても知名度くらいしかメリットはありませんが、箔がつくので」

　どうでもいいな、おい。

「いらねー」

「いやー、結構大事ですよ？　その辺の高校生に『Fランクは下がっとけ』とか言われたらムカつくでしょ」

　俺の脳裏にこの前のクソガキが浮かんだ。

「めっちゃ腹立つわ」

「でしょー。エレノアさんは別の意味で知名度がマックスなんでランクはどうでもいいでしょうが、先輩は必要です。Aランクを目指しましょう」

　Aランクかー。

「三枝さんみたいになれるんだろうか？」

「なんでその人？　性別が違うじゃないですか」

「いや、同じソロだったし。というか、他を知らない。冒険者にあんまり興味がなかったからなー……あ、でも、あの人は知ってる。えーっと、桐生……桐生？」

「桐生アキラさんですね。渋谷支部のトップランカーです」

そんな名前だった気がする。苗字は特徴的だから覚えている。イケメンでモテそうだった。

「そいつも人気じゃない？」

「ですねー。甘いマスクでファンが多いと評判です」

「カエデちゃんもあんなんがいいの？」

ドキドキ。

「絶対に嫌です。この業界では有名ですが、生粋の女好きですね。先輩というか、エレノアさんも気を付けてください」

「実はエレノアさんは女性が好きらしいよ？」

「いや、そうでしょうよ。でも、それ、広まったらマズくないです？」

確かに……冗談でも言わないようにしよう。

俺達は家を出ると、不動産屋に向かった。そして、色々と部屋を紹介してもらったのだが、これという部屋がなく、決まらなかった。

不動産屋の店員は丁寧な人で後日来る時までに探しておきますと言われたので、また来ることにし、この日はカエデちゃんとその場で別れ、家に帰った。

翌日、エレノアさんの姿になり、透明化ポーションを飲んで家を出た。そして、誰もいないところで透明化を解くと、近くでタクシーに乗り、池袋支部へと向かう。

タクシーに乗り、しばらくすると、池袋のギルドが見えてきたのだが、ギルドの前には大勢のマスコミが待っていた。

「お客さん、エレノア・オーシャンさんですよね？　どうします？」

タクシーの運ちゃんは俺に気付いていたようだ。まあ、そりゃそうだろう。

「あなたに迷惑をかけるわけにはいきません。ここで降ろしてください」

多分、あそこまで行ったらタクシーが囲まれる。迷惑だろう。

「わかりました。帰りは先にタクシーを呼んでおいた方がいいですよ」

「そうします」

ギルドから五十メートル手前で止めてもらうと、お金を払い、タクシーを降りた。すると、すぐにマスコミが俺に気付き、走ってくる。

「エレノアさん、ちょっとよろしいですか⁉」

「昨日の言葉は何語だったんでしょうか⁉」

「千キロのアイテム袋をオークションに出したのは本当でしょうか⁉」

うっぜ。

すべての質問を無視し、ギルドの前までなんとか歩く。そして、ギルドの扉の前まで来ると、クルッと振り向いた。

「質問は一人一つまでですね。では、順番にどうぞ」

そう言うと、マスコミ連中は顔を見合わせた。すると、一人の記者が手を挙げる。

「はい、どうぞ」

すぐに手を挙げた人を指名した。

「千キロのアイテム袋をオークションに出したと聞きました。どんなモンスターからドロップしたのでしょうか？」

「スライムです」

「え？　本当ですか？」

「本当です。はい、次」

質問してきた記者から視線を切ると、別の記者が手を挙げた。

「どうぞ」

「昨日の言葉は何だったんでしょうか？　すべての国の人が理解できると聞きました」

「それについては今はお答えできません。ギルドを通して後日ですね。私も冒険者なのでルールを守らないといけません」

「一部ではフロンティア人ではという声もありますが？」

同じ記者が聞いてくる。

「質問は一人一つです。私も仕事があるんです」

「あ、じゃあ、私の質問がそれでいいです」

別の記者が手を挙げた。

「フロンティア人ではありません。っていうか、本当にフロンティア人っているんですか？　私も皆さんと同じことを習ったと思いますが、会ったこともないです。以上。次」

その後も簡潔に質問に答えていく。すると、最後の人が手を挙げた。

この人は例の美人アナウンサーだ。

「はい、どうぞ」

「先日はありがとうございました」

指名されたアナウンサーが先日のお礼を言ってくる。

「いえ、こちらこそありがとうございました。初めてのテレビで緊張していたところを助けてもらい、感謝します」

本当にありがとう。

「いえいえ。では、時間がないようですので早速、質問です。あなたはアイテム袋を作れますか？」

ほう……

「ふふっ。面白いことを言うわね。そんなことができる人がいたら会ってみたいわ。答えは『いいえ』です。私はアイテム袋をスライムからドロップしました。以上です。では、仕事に行きます。なお、私は明日から当分、休みます。ごきげんよう」

手を挙げ、別れを告げると扉を開け、ギルドに入った。

ああは言ったけど、多分、明日も群がっているんだろうなー。多分、オークションが終わるまではずっとだろう。

ため息をつくと、カエデちゃんのもとに行く。

「お勤め、ご苦労様です」

カエデちゃんが頭を下げた。

「どうも……ねえ、ギルド職員に迷惑をかけてない？　質問攻めでしょ」

「大丈夫ですよ。ギルド職員は裏から出社しますし、裏口は立入禁止なので入れません。それにギルド職員への取材は一切禁止です。これは絶対です」

ギルド職員は色々知っているからかな？

「皆さんに迷惑が掛かっていないならいいわ。ギルマスは？」

「こちらです」

カエデちゃんはいつものように受付の端まで行き、中に入れてくれた。そして、奥に行き、サツキさんの部屋に向かった。

「いやー、大変そうだなー」

ソファーの対面に座っているサツキさんが笑う。

「わかってはいたことだけど、面倒だわ」

隣に座っているカエデちゃんが淹れてくれたコーヒーを飲みながら答えた。

「宣伝は良かったんだけどな。それにあの三村の慌てようはすっきりした」

「あの人、有名なの?」

「冒険者でもなければ、フロンティアに行ったこともないのに専門家を名乗っていることで有名だ。あと、うざい。色々と勉強していることは評価するが、結局はフロンティアや冒険者を知らんから憶測で物を言う」

うん、うざいね。

「ふーん……初めてでよくわからなかったから収録前、出演者に挨拶に行ったんだけど、別れ際にお尻を触られたわね。あとカットされているけど、めちゃくちゃ言われた。盗んだものだろうとか、偽物を売ったんだろうとか、挙句の果てにはバケモノって呼ばれたわ」

逆に元冒険者の土屋とかいうのは丁寧だった。嫌な質問してくるのが嫌だったけど。

「最低だな。抗議しておこう」

「おねがい」

もし、今後もテレビに出るとしてもあれは嫌だな。共演NGにしておこう。

「それで？　あの言葉は何だ？　私も聞いていない」

この人には回復ポーションとアイテム袋、鑑定メガネ、透明化ポーション、そして、性転換ポーションを作れることしか言っていない。

「翻訳ポーションっていうのがあるの。それを飲んでいたのよ」

「なんだそれ？　外国語がしゃべれるようになるのか?」

「そう思っていたけど、ちょっと違うみたいね。ネットを見ると、複数の言葉を理解できる人は日本語にも英語にも聞こえるって感じだった」

気持ち悪いって書かれてた。ショック！

「よくわからんな。私は日本語しかしゃべれんし」

「私もよ。だから気付けなかった。とにかく、これは発表してちょうだい。売ってもいい。じゃないと、私がバケモノ扱いよ」

黄金の魔女は本物の魔女だった、って言われてもね……勝手に魔女扱いしておいて、あとで本物かいってツッコまれても困るわ。

「翻訳ポーションねー……持ってるか？」

サツキさんが聞いてきたので、カバンの中から無色のペットフラスコを取り出し、サツキさんに渡す。そして、サツキさんがメガネを取り出し、装着するとペットフラスコを見だした。あのメガネは俺があげた鑑定メガネだろう。

「ふーむ……まずなんだが、この素材は何だ？　ペットボトルか？」

「ポーション作る際の入れ物で変わるの。ガラスコップだったらガラスのフラスコだし、ペットボトルを使ったらそのペットフラスコ。昨日、ビールの空き缶で作ったらアルミフラスコができたわ」

「ふーん……納品するやつはガラスで頼む」

「わかってるわよ」

モンスターからドロップするのは全部ガラスでできたフラスコだ。一応、スライムからドロップしたことにしているので、売却用は百均のコップで作っている。

「確かに翻訳ポーションと出てるな。効果は二十四時間か……微妙だな」

永続的ではなく、消耗品なので一度飲めばいいということではない。

「高く売れそうにないからやめたの。カエデちゃんがテストとかで悪用されることを考えると、売るまでには時間がかかるって言ってたし」

「確かにこれは審査に時間がかかるし、使用にも制限がかかる。民間には売れんな。多分、国の買取になる。そして、国の買取は安い」

安いのか……まあ、税金だろうし、高くは買えないだろう。

「いくつか渡すから、それで発表してちょうだい。どうしてもって言うなら売るわ」

「わかった。本部長が大変だな。ざまあ」

本部に丸投げするのね。

「私は何かする必要がある？」

「新規アイテムはどこで見つけたとかの書類を書くだけだ。適当にスライムって書いとけ。どうせ、お前のことを信じる奴はいない」

信用ゼロ！

「素直に作ったって言おうかしら？」

「やめとけ。そういう予想をしている者もいるだろうが、断言はするな。色んなところから依頼が殺到するぞ」

　下手すると、誘拐されそうだわ。

「怖いわー」

「お前、他に何を作れる？」

「今のところはそれくらいね。あー、眠り薬があるけど、売れない」

「薬は売れん。他にはないんだな？」

「あとは純水くらいね。ただレベルが上がればレシピは増える。だからレベル上げ中なのよ」

　レベルが上がって金を作りたいわ。錬金術なんだから作れるだろ。

「レベルが上がって作れるものが増えたら報告しろ」

「わかったわ」

　テレビではミスったし、この人を巻き込んだ方がいい。がめついけど有能そうだもん。

「できたらレベルは早めに上げてくれ。売れるアイテムが増えるのは良いし、透明化ポーションみたいに身を守れるアイテムも増えるかもしれん」

「確かにそうね。じゃあ、明日は沖田君が冒険に行くわ。オークションの方は？」

「来週から入札開始で期間は一週間だ。あと、今回から外国も入札してくる」

「外国？　ギルドのオークションって日本人じゃないとダメじゃないっけ？」

　そんなことをネットで見た気がする。

「千キロのアイテム袋だからな。圧力に屈した」

「情けないわねー」

弱腰だなー強気に行けよ。

「値段が上がるから良いだろ」

「差別は良くないもんね。とても良いことだと思うわ」

平等って素敵！

「そういうわけだから当分は大人しくしてろ。それとこれをやる」

サツキさんがスマホを取り出した。

「スマホ？　くれるの？」

「二台持つべきだろうし、だからといって、沖田君の名義はマズい。私の名義で契約してきた」

「ふーん」

「あ、料金は渡したクレカから引き落としだからな」

さすがに料金は俺持ちか。

「ありがと。カエデちゃん、連絡先を交換しよ！」

「いいですよー。連絡することはほぼないですけど」

まあね。沖田君にすればいいもん。もっと言えば、一緒に住むもん。

カエデちゃんと連絡先を交換し終えると、スマホを確認をする。

「あ、サツキさんのも入ってるんだ」

「そらな。何かあったら連絡しろ。夜の九時までなら対応してやる」

「九時以降は？」

「動画サイトを見るのに忙しい」

あっそ。自分でどうにかするわ。

「すごい！　女子の連絡先しかないじゃん！」

ぷれいぼー……がーる！

「二人ですもんね。これから増えるかもですけど」

「別に増えなくていいわ。しかし、この番号が流出したら常時、鳴り続けそうね」

「でしょうね」

やはり安易に交換しない方がいいし、暇でもあまりこのスマホを出さない方が良さそうだ。

この日はタクシーを呼んでもらい、さっさと帰ることにした。

ギルドでサツキさんに翻訳ポーションのことを説明した翌日、朝から沖田君の姿でギルドにやってきていた。なお、今日もギルド前にはマスコミがたむろしていたが、俺はエレノアさんではないのでスルーされた。

カエデちゃんから刀とステータスカードを受け取り、クーナー遺跡に向かう。そして、ゲートをくぐって、クーナー遺跡に着くと、この前と同様にゲート前では多くの冒険者が待機していた。

マスコミはまだわかるけど、こいつら、暇なんか？

まあ、俺には関係ないことなので、冒険者達をスルーし、レベル上げを開始した。

俺の現在のレベルは5である。このクーナー遺跡はレベル8までは普通に上がるらしいので、レベルが8になるまではここで頑張ろうかと思っている。とはいえ、さっきからスケルトンを狩りまくっているのにレベルが中々、上がらない。

今も同時にスケルトンが三体出てきて、瞬殺したのだが、レベルは上がっていなかった。

「ハァ……」

レベルが5のままのステータスカードを見て、思わずため息をついた。

「あのー……」

後ろから声が聞こえた。だが、以前の三枝さんのように警戒はしない。

何故ならスケルトンと戦っている時からこちらの様子を窺っていることには気付いていたし、雰囲気が雑魚そうだからだ。

ステータスカードをしまい、普通に振り向く。そこにいたのはカエデちゃんより背が低く、身長百五十センチくらいの黒髪の女の子だった。女の子は黒のパンツに白いTシャツでシャツの上にピンクのカーディガンを羽織っていた。そして、背中にはかわいらしいうさぎのリュックを背負っており、手には杖を持っている。女の子の髪の長さは肩上くらいまでのボブヘアでカエデちゃんより短い。顔もかわいらしいとは思うが、カエデちゃんよりちょっと劣る。

結論、カエデちゃんはかわいい。

「何？」

冒険者は冒険中にはあまり他の冒険者には声をかけない。ましてや、この子はかなり若く見える。高校生か大学生程度だろう。そんな若くてかわいい子が二十六歳の俺に声をかけるなんておかしい。

いや、この前も巨乳に声をかけられた。もしかしたら俺はあの伝説のモテ期が来ているのかもしれない。

「……あの、沖田さんですか？」

ん？　俺を知っている？　いや、だったら沖田さんですかという質問はおかしい。

ってか、声小さいな。

「そうだけど、誰？　知り合いだったらごめん」

「……あ、いえ。私が知っているだけです。エレノア・オーシャンさんですよね？」

……え？

女の子の言葉を聞くと、右手を少し開き、いつでも剣を抜ける体勢を取る。

「エレノア・オーシャンは俺も知ってるけど、性別が違うよ？」

「あ、あの、その……あ、私、こういう者です」

女の子は慌てて、うさぎのリュックから何かのカードを取り出し、俺に見せてくる。

名前　横川ナナカ
レベル８
ジョブ　魔法使い

スキル
火魔法レベル2
☆透視レベル1

あ、例のカンニング少女だ。

「あー、もしかして、サツキさんに聞いた？」

「……はい」

え？　あの女、べらべらしゃべったん？

「エレノア・オーシャンのことも？」

「……あ、いえ、それは違います。沖田さんと組むように命令されたんですけど、男の人と組むのが怖いので、どんな人だろうと思ってあとをつけたんです」

ツッコミどころが多いな、おい。

「えーっと、ごめん。一から説明して。俺と組むっていうのは？」

「あー……あのー、ギルマスさんにそう言われました」

横川さんは手をもじもじさせながら言いにくそうに言う。透視を言いたくないのだろう。

「透視のことで脅されたんだろ。知ってるから全部言え」

「え!?　なんでそれを!?」

あの女、こういうことをするなら嘘でもいいから適当に説明しておけよ。俺が困るじゃん。

しかし、どうしよう？　俺のことも説明するか？

多分、こいつ、透視を使って俺がエレノア・オーシャンなことを知ったんだろうな……うん、巻き込むしかない。

周囲を観察し、誰もいないことを確認すると、カバンからステータスカードを出して、横川さんに見せる。

「ほら」

「えーっと……え？　錬金術!?」

ステータスカードを見ていた横川さんは驚いたように顔を上げる。

「この星マークがあるのは特別なスキルだ。お前も持ってるだろ。そして、お前も知っているだろうが、他人には見えない。でも、同じレアスキルを持っている者には見える。俺やサツキさんがお前の透視を知ったのは俺が見たからだ」

「あ、だからか……え？　私のステータスカードを見たんですか？」

「俺は真面目だからレアスキルを報告した。その際に他にも持っている者がいないか確認するように頼まれたんだよ。そしたらお前がいた」

「……チッ、余計なことを」

横川さんが一瞬、黒くなった。

「俺もバレたんだ。お前もバレろ」

「あ、やっぱり真面目だから報告したんじゃないんだ」

「当たり前だろ。誰がするか」

「ですよね！　……いや、巻き込むなや」

　またもや横川さんが一瞬、黒くなった。

「それで？　お前はサツキさんに脅されたんだな？」

「……はい。このことは親にも大学にも黙っておいてやるし、上にも報告しないって言われました。その代わり……わかるよね？　ですって」

　エロ本みたいだ。サツキさんが変態男じゃなくてよかったな。お前みたいなオドオドしている奴は格好の餌食だろ。

「それで俺と組めと？　俺、何も聞いてないけど？」

「組めというか、お手伝いをしろって言われました」

「何の？」

「Ｆランクの初心者だから教えてやれって」

　このガキに何を教えてもらうんだよ。

「俺、Ｅランクだから」

　ここに来る前にカエデちゃんにＥにしてもらった。

「私はＤです」

　イラッ。

　ランクを上げた方がいいと言っていたカエデちゃんの言葉の意味がよくわかる。このガキの勝ち誇ったドヤ顔がマジでムカつく。

「いらね」

「そう言われましても、私も退学は嫌なんです。せっかく頑張って入ったのに」

はいはい。頑張ってカンニングしたんだね。

「あとでサツキさんに話してみるわ。それで？　一応、聞く。なんで俺がエレノア・オーシャンだとわかった？」

「いきなり男の人と組めと言われて、どんな人だろうと思って、つけたんです。そして、透視を使って家の中の様子を覗きました」

ストーカーレベルマックスやんけ。本当に透視を持っているのが女子で良かったわ。

俺だったらずっと、カエデちゃんの家の前にいる自信がある。

「その透視ってどんな感じ？　服も透けるん？」

「やろうと思えばできます。も、もちろんやりませんけど」

まあ、女子はせんわな。もちろん、俺はする。

「それで俺がエレノア・オーシャンだと？」

「はい。何かを飲んだら変わりました」

「ふーん……お前、男になるか？」

「……嫌です」

皆、嫌がるな。俺は女になることに抵抗はないんだが……

「まあいいや。とりあえず、邪魔はすんなよー。俺はレベル上げの最中だから」

「じゃあ、見学してます。私はレベルが8なんで、ここでやることはもうないですから」

いちいちマウントをとってくるな。そして、マウントをとる時だけは自信満々だ。たいして変わんねーのに。

「じゃあ、行くわ」

俺はスケルトンを探しに歩き出す。

「あのー、あっちに三体いますよ」

歩き出すと、横川さんが建物に向かって指差した。もちろん、建物しか見えず、スケルトンは見えない。

「わかるの？」

「透視できますもん。あっちにもいますけど、近くに他の冒険者がいるんで多分、その人達に取られます」

こいつ、すげー！

というか、透視ってヤバいな。さすがはレアスキルだ。

「横川さん」

「なんでしょう？」

「君は今日から俺の仲間な」

よろしく。

「えー……」

「親にも大学にもバレたくないんだろ？　だったら……わかるよね？」

「……クズめ！」

横川さんがすげー蔑んだ目で俺を見てきた。

「甘い汁を吸わせてやるから」

「……え？　変態？」

……こいつ、むっつりだな。

「エレノア・オーシャンは黄金の魔女だ。金を生み、俺達を幸せにしてくれる。わかるよね？」

「……アイテム袋が欲しいです」

ちょろい小娘よ。

「いいか、横川、世の中はな、ズルい者が勝つんだよ」

「……身をもって知っています。受験勉強をしていたクラスメイト、テスト勉強をしている大学の友達……ふっ」

さすがは卑劣なカンニング女だ。必死に勉強している真面目な友人を笑いおった。

「ついてこい、横川！　黄金を見せてやる！」

「……御意」

ブラックナナカちゃんが仲間に加わった。

その後、横川の透視により、順調にスケルトンを狩っていく。

「……お強いんですねー」

スケルトン二体を斬り終え、ドロップしたスケルトンの剣を拾っていると、一切、戦闘に加わっていない横川が声をかけてきた。

「まあな。子供の頃からやっていた」

「すごいと思います。あのー、お願いがあるんですけどいいですか？」

「何だよ」

「エレノアさんになってもらえません？」

ん？

「なんで？」

「さっきもちょろっと言いましたけど、実は男性の方が少し苦手でして……」

横川が申し訳なさそうに言う。

「男性恐怖症的な？」

「そこまでではないです。ずっと女子校だったもんで免疫があまりないんです」

「よく冒険者になろうと思ったな」

女性もいるけど、割合的には圧倒的に男性が多い。

「なるまでは意識してなかったんです。でも、実際になってみると、ちょっと……」

「ナンパとかされた？」

「声はよくかけられます。ソロですし」

カエデちゃんもナンパされたって言ってたし、そういうのが多いのかねー。特にこいつは気が弱そうだからナンパされそう。

「俺は苦手？　話しにくい？」

「そんなには……でも、二人きりがちょっと……」

傷つかないでもないが、まあ、こういう人もいるだろう。

「もしかして、大学生になって冒険を辞めてたのはそれ？」

「そうです。でも、そういうのは今後のためにも治した方がいいし、沖田さんは彼女持ちだから大丈夫って、ギルマスさんが……」

適当なことを言うなー、あの人。

「彼女いないよ？」

「え？　朝倉さんは？」

そこまでしゃべったのか。

「付き合ってない」

「え？　え？　部屋に連れ込んでませんでした？」

このストーカー女、そこまで見てたんか。

「そんな雰囲気じゃなかったろ」

「……そうかな？　楽しそうでしたけど」

ずっと見てたらしい。こいつ、ちょっと怖いな。

「そら、飲んでるしな。お前も飲むか？」

「お酒ですか？　うーん、飲んだことないです」

ふーん……

まだ大学生になったばかりか。

「とにかく付き合ってはないわ。でも、今度、一緒に住む」

「ん？　どういうこと？」

「付き合ってはないけど、同棲する」

「んん⁉　どういうこと⁉」

壊れた機械みたいになったぞ。

「ガキにはわからん。そういう関係もあるのさ。そう、大人な関係」

「セ、セフレ……！」

本当にむっつりだなー、こいつ。

「それは逆だろ」

むしろ、体の関係がないわ。まだね！

「意味がわかんないです」

「まあ、そのうちわかるだろう。しかし、エレノアさんねー……」

「ダメですか？」

「いや、いいんだけど、お前もゲート前を見たろ。あれ、エレノアさんのおっかけだぞ」

　多分、めっちゃ群がってくると思う。お前の嫌いな男が。

「あ、やっぱりあれって、そういう人達なんですね。ギルド前にもマスコミがいました」

「そうそう。だからエレノアさんはどうかなーって」

「じゃあ、じゃあ、夜に来ましょうよ。だったら人はいません」

　夜って、ゾンビやゴーストじゃん。嫌だわ。

「夜はカエデちゃんがいないからダメ」

「別に朝倉さんがいなくても良くないです？」

「良くないです。何のために冒険者やってんだよ」

「え？　沖田さんって、朝倉さんに会うためにやってるんですか？　ストーカーじゃないですか」

　お前にだけは言われたくない。

「マジなことを言うと、ステータスカードのこととかがあるからカエデちゃんがいないとエレノアさんは無理なんだわ」

「あー、なるほど。じゃあ、人がいない不人気の所に行きましょうよ」

「どこ？」

「ダイアナ鉱山です」

　ダイアナ鉱山……ネットで名前は見たことがあるな。

「どんな所？」

「そのまんま鉱山ですね。落盤の可能性があって奥には行けませんが、浅い所なら行けます」

「そこは不人気なん？」

「ハイドスケルトンっていう透明なスケルトンが出るんです。なので危ないので誰も行きません。でも、私には透視があります。私はそこで活動してました」

透明なモンスターってヤバいな。そりゃ脅威だわ。でも、こいつの透視はそれすらもわかるのか。ホント、すげーわ。

「透明なのも見えるん？」

「ハイドスケルトンは透明というか、迷彩って感じです」

擬態してる感じかな？　それなら透視できるのか。

「ふーん、でも、そこで活動してるなら男と会わんだろ。辞めなくても良かったじゃん」

「行けばわかります。一人で鉱山は嫌です」

確かに怖いか……俺も嫌だ。

「このクーナー遺跡が人気な理由の一つにその辺もありそうだな」

ここは人が多いし、廃墟とはいえ、街並みだからそこまで怖くない。

「多分、そうだと思います」

「うーん、わかった。じゃあ、そっちに行ってみよう。あ、でも、今日は我慢しろ。俺はレベル6にしたい」

だから朝から頑張っているのだ。

「わかりました。あ、じゃあ、あっちです。四体もいます」

「うむ。案内せい」

俺は横川についていき、スケルトン狩りを再開する。そして、二十体以上のスケルトンを倒すと、ついにレベルが上がった。

名前 沖田ハジメ
レベル6
ジョブ 剣士
スキル
　剣術レベル5
☆錬金術

レベル6
　回復ポーションレベル1、性転換ポーション
　眠り薬、純水
　翻訳ポーション、アイテム袋
　透明化ポーション、鑑定メガネ、鑑定コンタクト

回復ポーションレベル2

回復ポーションのレベル2を作れるようになったか……

「ナナポン、周囲に人はいるか？」

「ナナポン⁉　たぬきっぽいからやめてください！」

昔、そんなあだ名の奴がいたんだよ。男子だったけど……

「いるか？」

「いませんけど……」

それを聞くと、カバンからペットボトルの水と薬草を二枚取り出した。回復ポーションレベル2の材料は純水と薬草二枚なのだ。

まず、ペットボトルに入っている水を純水に変える。

「あ、なんか光りましたね」

「これが錬金術だ」

次にペットボトルの中に二枚の薬草を詰め込んでいく。ちょっと水があふれてしまったが、気にせず、詰め込み、そのペットボトルをじーっと見た。すると、ペットボトルが強い光を出し、すぐに止む。

俺の手には紫色の液体が入ったペットフラスコが握られていた。

「これが錬金術ですか……錬金術ってこんなんなんです？」

「知らん」

俺の錬金術のイメージはかわいい女の子がでっかい窯に素材を入れて爆発させるやつだ。

カバンから鑑定メガネを取り出し、作った回復ポーションを鑑定してみた。

鑑定の結果、どうやらかなりの重度の傷すら治せるようだ。それに毒も治るっぽい。

「うーむ、すごい。しかし、毒々しいな」

紫って……

「それ、何ですか？」

ナナポンが毒々しい回復ポーションを指差しながら聞いてくる。

「レベル２の回復ポーションだな」

「へー、高いんですか？」

「わかんないから帰ったら調べる」

今は沖田君の姿だからカエデちゃんやサツキさんには家に戻ってから電話で報告しよう。

「色んな物が作れるんですね」

「すごいだろう？」

「すごいです。やっぱりこのレアスキルって破格ですね」

他のレアスキルはどんなんなんだろうな？

「よし！　これはナナポンにあげよう。トラックに轢《ひ》かれたらすぐに使えよ」

「ナナポンはやめてください。いや、トラックに轢かれたら即死でしょ。転生して王子様と結婚します」

「そっち派か……」

俺はハーレムを……いや、やっぱりカエデちゃんがいいわ。

「ですね……え？　それ、くれるんです？」

遅いぞ。

「原価は千百円だ。社会人が奢ってやろう」

水代百円、薬草が二枚で千円。

「やっす！　でも、頂きます。フロンティアは何があるかわからないので」

「その通り。俺が回復ポーションを使えない状態になったら迷わず使えよ」

「ああ……そういう意味のものですか」

当たり前だ。何のための仲間だよ。

「あ、じゃあ、アイテム袋を貸してくださいよ。嵩張りますし」

「うーん、今、十キロしかないなー。百キロは家だわ」

家というか、エレノアさんのカバンの中だ。

「百キロって……この前、五千万円くらいになったやつですよね？　十キロで十分ですよ」

まあ、十キロもあれば、かなり入るか。

「じゃあ、あげる」

俺は黒いカバンから茶色のカバンを取り出し、ナナポンに渡す。

「……色が好きじゃないなー」

女子はうるせーわ。

「リュックに入れとけ」

「そうします」

「じゃあ、レベルも上がったから帰るかなー。明日は午後からでいいか？」

「大丈夫です。あ、連絡先を……」

ナナポンがまたもや手をもじもじしだした。

「何？　男子と連絡先を交換したことないの？」

「……はい」

女子校って言ってたもんなー。

「大学は？」

「女子としか……」

まあ、そういうのもあるか。

俺だって、ロクに女子と連絡を取っていなかった。四年の時にカエデちゃんとは話すようになったけど。

「じゃあ、こっちにしよう」

昨日、サツキさんにもらったエレノアさんのスマホを取り出した。

「こっち？」

「これはエレノアさんのやつ。ちゃんとエレノアさんが返事をくれるから」

ナナポンとは呼ばないから安心しろ。

「なんかきぐるみとかアニメの中の人みたいですね」

「似たようなもんだよ」

演じているわけだから一緒よ。

「じゃあ、それでおねがいします」

俺とナナポンは連絡先を交換して、ギルドに帰還した。


俺とナナポンはゲートをくぐり、ギルドに戻ってくると受付まで戻り、カエデちゃんのもとに向かう。

「ただいまー」

「あ、先輩、おかえりなさーい」

俺がカエデちゃんに挨拶をすると、カエデちゃんがかわいく挨拶を返してくれた。

「誰だ、この人達……？」

後ろでナナポンが何か言っている。

「あ、ナナカちゃんもおかえりなさい。無事に合流できたみたいでよかったです」

カエデちゃんがナナポンにも挨拶をした。

「カエデちゃんも聞いてた？」

ナナポンを指差しながら聞く。

「いえ、先輩が出かけられた後にナナカちゃんが来ました。それから奥の支部長室で一緒にギルマスから話を聞いたんです」

カエデちゃんも聞いてなかったわけね。まあ、知ってたら教えてくれるか。

「なるほどねー。色々文句も言いたいけど、明日にする。ちょっと報告とかあるし、明日、ナナポンと来るわ」

来るのはエレノアさんだけど、後で連絡すればいいや。

「ナナポン？　たぬき？」

「……ほらー、たぬきって思われるー。太ってないのにー」

たぬきにデブのイメージってあるかな？　それにナナポンはやせ形で太ってはいない。カエデちゃんより小さいし。

「先輩？」

俺がナナポンの胸部を見ていると、カエデちゃんが冷たい声を出した。

「あ、カエデちゃん、今日ご飯に行こうよ！」

「……残業です」

あ、やべ。

「待つから。何時？」

「八時くらいかな？」

「じゃあ、そのぐらいに来るから」

「そうですか？　じゃあ、急いで仕事を片付けます」

うんうん。

「あ、これ、返す」

そう言いながら刀とステータスカードを提出する。

「あ、私も」

ナナポンも杖とステータスカードを提出した。

「確かに預かります。では、今日の成果をおねがいします」

カエデちゃんに言われたので大量のスケルトンの剣を出し、精算してもらった。精算を終えると、俺は一度家に帰ることにし、ナナポンと駅まで歩く。

「あのー、本当に付き合ってないんですか？」

二人で歩いていると、ナナポンが聞いてきた。

「カエデちゃんと？　そういう話はしたことがないね」

付き合うどころかお嫁さんになってほしいと思っている。カエデちゃんも一生、寄生するって言ってたし。

「ですか……」

「何か気になることでもあったか？」

「いや、沖田さんは急にテンションが上がるし、朝倉さんは聞いたこともないような甘い声を出すしで、この二人、誰だろうって思いました」

　ふーん。

「カエデちゃんって普段はどんなん？」

「有能なお姉さん？　そんな感じです」

　有能？　お姉さん？　あれが？

　ふっ……

「誰だよ、そいつ」

「いや、だからそう言ったじゃないですか。恋人の関係だからなのかなーっと」

「じゃあ、もう付き合っているということでいいよ」

　そう、俺達は付き合っているのだ。俺の家にも来たし、一緒に北海道に旅行にも行った。そして、今度一緒に住む。これは付き合っているということで合ってる。

「なんか怖いな……」

「これが大人だよ」

「大人って変ですね。告白は？」

　ほっとけ。断られたら病むだろ。せっかくお金とカエデちゃんの癒しパワーで治ってきたのに。

　その後、ナナポンと駅まで行くと、その場で別れ、電車に乗って家に帰った。家に帰ると、レベル2の回復ポーションを大量に作り、カバンに入れていく。そして、いい時間になったのでシャワーを浴び、着替えると、再びギルドに向かった。

七時半くらいにギルドに着くと、ギルドの前にたむろっていたマスコミはいなくなっており、代わりにカエデちゃんが待っていた。

サツキさんと一緒に……

「カエデちゃん、随分と早かったねー」

カエデちゃんのもとに行き、声をかける。

「頑張りましたから！」

カエデちゃんが胸を張った。

うん、かわいい。それに目の保養になる。これが癒しパワー。

「じゃあ、行こうか」

「ですね」

俺とカエデちゃんは前にも行った居酒屋に向かう。

「近くの居酒屋か？　いい時間だし、行くか」

……………。

「なんでいんの？」

無視しようとしたのについてくるサツキさんを見る。

「飲むんだろう？　私も行こう」

「いや、帰れし。動画を見るんでしょ」

「いやー、横川の件はすまんかった。ちょっとその辺のことも話したいから行こう。上司の奢りだ」

こいつ、俺からカエデちゃんに奢る権利を奪う気か？　金という俺の唯一と言ってもいい武器を取るなや。

とはいっても、ナナポンの件は聞きたいし、レベル２の回復ポーションのこともあるか……よし、二次会で撒こう。

「じゃあ、まあ、行きますか」

「しょうがないですね」

俺とカエデちゃんは渋々納得し、三人で例の居酒屋に向かった。

歩き出すと、五分もかからずに居酒屋に到着する。俺達は店員に案内され、座るだけの個室に通された。そして、俺とカエデちゃんが並んで座り、対面にサツキさんが座る。

カエデちゃんが隣に座るのが新鮮でこれもいいなと思っていたが、対面のサツキさんがじーっと俺とカエデちゃんを見てきていた。

「何っすか？」

「いや、支部長室でもそうだが、ごく自然に隣同士で座るんだな。カエデはこっちじゃないのか？」

「こっちに決まってんだろ。俺の隣」

恋人だぞ！

「別にどっちでもいいじゃないですか。ギルマス、何を飲まれます？」

「ギルマスはやめろ。酒が不味くなる」

「じゃあ、サツキさん、何を飲まれます？」

「生」

「はーい」

カエデちゃんは店員を呼び出すと、生を三つ頼んだ。

「ぐっ……沖田君には何を頼むかも聞かずに注文しおった。なんか嫌な感じ」

嫌な感じなのは明らかにお前だ。

「最初は生だろ」

ずっと生だけど。

「サツキさん、最近うざいです」

カエデちゃんもさすがに文句を言う。

「ケッ！」

ダメだ、この人……

その後、すぐに生ビールが届いたので乾杯をし、飲みだした。

「それでナナポンは何だったんです？　一言あっても良いでしょう」

ビールを一口飲み、サツキさんに聞く。

「ナナポン？　横川ナナカ。ああ、ナナポンだ。なるほど……いやな、実はお前にステータスカードを見てもらった後、すぐにナナポンに連絡を取ったんだよ」

サッキさんもナナポン呼ばわりする。

「すぐ、ですか？」

「早い方がいいと思ってな。そしたら即行で降参してゲロった。何でもしますから親と大学には言わないでくださいって電話越しに懇願してきた」

マジでエロ本シチュだったんだなー。

「それで俺のところに？　いや、おかげでエレノアさんが俺だってことがバレちゃったじゃん。サツキさんが気を付けろって言ったんだろ」

何してんねん。

「すまん、すまん」

「なんでバレたんだよ？」

「その経緯を説明しようと思って、お前らの邪魔……じゃなくて、奢ってやろうと言っているんだ」

経緯ねー……そして、やっぱり邪魔する気かい。

「まあいいです。あいつ、俺を指導するとかほざいてましたけど？」

舐めんな。

「うん、まあ、それはおまけだな。本当はエレノアの目になってほしかったんだよ」

「目？」

「ああ。ナナポンの透視はかなりのものだ。だからフロンティアで変な奴とかを避けられる」

確かに今日、一緒に行動をしたが、モンスターは見つけてくれたし、他の冒険者の居場所も教えてくれた。

「なるほど。確かにいいかもですね。先輩というか、エレノアさんってドジなところがあるから」

カエデちゃんが笑う。

「ねーよ」

「最初、ドジりまくってたじゃないですか」

「ちょっと浮かれただけだよ」

「えー」

カエデちゃんがまたもや笑う。

「チッ！　あ、お前らもおかわりを頼むか？」

俺とカエデちゃんが他愛のない話をしていると、ビールのジョッキを空にしたサツキさんが聞いてくる。

早っ！　こいつイッキしたな。あと、舌打ちはやめろ。

「じゃあ、もらいます」

サツキさんが生ビールを二つ頼むと、店員さんがすぐに持ってきてくれたので、二杯目を飲みだす。

「それからどうしたんですか？」

二杯目を飲みながら話を続ける。

「とりあえず、沖田君と組むように言ったんだが、ちょっと考える時間が欲しいと言われた。まあ、その時はそんなに急いでなかったし、まあいいかと思った。そしたら回復ポーションの売買やオークションの開催準備で忙しくてな、ナナポンのことをすっかり忘れていた」

おい！

「忘れんなよ……」

「ひどいですねー」

さすがにカエデちゃんも上司を責める。

「悪い、悪い。そうしたら今日の昼前に電話がかかってきてな、エレノアさんだったら大丈夫ですって言われた。一瞬、何のことかわからんかったわ」

「あいつ、俺のストーカーらしい」

「私もよくそこまでやるわと思ったんだが、説明が楽で良かったな。というわけで、ナナポンをよろしく。ついでに鍛えてやって一緒にAランクを目指してくれ。レアなスキルを持つお前らなら行ける。このギルドでは成長できないし、稼げないわってほざいたヨシノを見返してやってくれ」

私怨がすげー。

「まあ、Aランクになれるかは知りませんが、頑張りますよ。今日、あのガキにDランクを自慢され、イラっとしましたしね」

「あー、そういえば、あいつ、一応、Ｄランクだったな」

「Ｄランクになった直後に来なくなりましたね」

　ほうほう。

「ブランクを考えると、Ｅランクに降格した方が良くないか？」

　落ちろ、落ちろ。

「私もそっちの方がいいと思います」

　さすがはカエデちゃんだぜ！

「うーん……そうするか」

　やったぜ。

　その後もカエデちゃんとサツキさんの三人で飲み続ける。

　よく考えたら両手に華だ。隣に座っている癒しの華だけでいいけどね。

「まあ、ナナポンと組むのは了解です。今日一緒にやりましたが、あいつの透視はすごいですよ。どこにモンスターや冒険者がいるのかを教えてくれるので効率がものすごく上がりました」

　ビールを飲みながらナナポンと組むことを了承する。

「完璧な索敵能力だな。ウルフなんかの奇襲も食らわないわけだ。お前のスキルもだが、レアスキルってすごいな」

　サツキさんがやきとりを食べながら頷いた。なお、六本あるうちの三本目だが、それを言うとカエデちゃんに苦言を言われるため、指摘しない。

「ですねー」

「ナナポンがこのスキルを持っていることが知られたら争奪戦が起きるな。上位ランカー共は特に欲しがるだろう」

　奇襲を受けないし、絶対に先手を取れるって、命がかかっている冒険者にとっては絶対的に優位だもんな。

「しかも、女子大生。人気になるでしょうね」

「ケッ！　若さが憎い」

　あんたはその僻《ひが》むのをやめろ。

「まあ、そういうわけで他の人に知られたらマズいでしょうね」

「わかってる。透視なんて能力は悪用しようと思えばいくらでもできるしな。私が責任を持って管理する」

　私が悪用するの間違いだろ。

「俺のスキルもですけど、バラさないでくださいよ」

「わかってる。お前らも漏らすなよ。あと、ナナポンのレベルも上げとけ」

　確かに身を守る意味でもレベルは上げておいた方がいいだろう。

「わかってます。そういうわけで明日も行きますよ。ただ、行くのはエレノアさんですね」

「なんでだ？」

「男性が苦手なんだそうです。決して俺のことが嫌いというわけではないです」

そう言ってた！

「予防線を張られると余計に勘繰るな……セクハラでもしたか？」

まさしく蛇足！

余計なことを言っちゃった。

「ナナカちゃんはそういう人ですよ。女性のソロは危ないからって言って、パーティーを組むように勧めたんですけど、男の人はちょっと……って言ってましたし」

カエデちゃんがナイスフォローをしてくれた。

「ふーん。あいつ、そんなんだったのか」

サツキさんが四本目に手を伸ばしながら言う。

「女の人を勧めなかったの？」

カエデちゃんに聞いてみる。

「ほとんどの女の人はすでに組んでますよ。女の人が冒険者をやる場合は最初から組んでるパターンが多いです。既存のパーティーにドシロウトが入るのは難しいんですよ。特に女子の場合は……」

ドロドロしてんのかね？

まあ、男のパーティーにナナポンが入ったら姫状態でさぞ甘やかされるだろうし、そっちの方がいいか。

「それでソロね。じゃあ、しゃーないわ」

五本目に手を伸ばすサツキさんの手を見ながら納得する。

「ナナカちゃんがエレノアさんと組むのはわかりましたけど、大丈夫です？　今、エレノアさんがフロンティアに行くと、群がられますよ？」

カエデちゃんが俺の方を向き、聞いてきた。

「大丈夫。明日からはダイアナ鉱山に行く予定」

「あー、確かに人はいないでしょうね。あそこはロクなアイテムをドロップしないくせにモンスターが厄介ですから。ハズレエリアです」

俺も家に帰って調べてみると、ハイドスケルトンの落とすドロップ品は普通のスケルトンと同じく、五千円のスケルトンの剣らしい。

そりゃ、皆クーナー遺跡に行くわ。

「ナナポンは透視でハイドスケルトンも見えるんだと」

「ホント、すごいですね……」

「だよなー」

俺も錬金術を見た時に勝ち組だって思ったが、レアスキルは通常のスキルとは一線を画している。

「しかし、今の時期にエレノアが来るのかー……沖田君、エレノアの場合は裏から来い」

サツキさんが最後のつくねに手を伸ばしながら言う。

「いいんですか？　裏口って立入禁止じゃなかったっけ？」

「私がいいって言うんだからいいんだよ。一時的な緊急処置だ」

「じゃあ、そうさせてもらいます」

マスコミ、うぜーし。ナナポンとはダイアナ鉱山で待ち合わせしよう。

「ギルドの連中には言っておく」

「ありがとうございます。それとレベルが上がって新しいレシピが増えました」

新しいレシピを報告することにした。

「何を作れるようになったんだ?」

「レベル2の回復ポーションです」

「ほう……」

サツキさんが真面目な顔をして串を置いた。

「いくらで買い取ってくれます?」

「相場は三百万円前後だ。だけど、ウチじゃ買い取れんな」

高っか! レベル1の六倍やんけ!

「高いっすねー……でも、買い取れないのは何故です?」

「そんなもんを使う冒険者がいないから買い取っても売れない。レベル2の回復ポーションを使うような冒険者はBランク以上だ」

悲しい理由だなー。

「じゃあ、どこで売ればいいんです? 買取店?」

「本部に売れ。他所の支部はムカつくからダメだ。それとエレノアは買取店を使えん」

まあ、他所の支部に売る気はない。俺達は共犯者で一蓮托生なのだ。

「本部？　いや、なんで買取店を使えねーんだよ」

「本部がエレノアの利用を止めた。上位ランカーではたまにある。貴重なアイテムを民間に流出させたくないんだと」

なんだそれ？

「えー……それ、いいの？」

「本部の権限だな。まあ、どこで売ろうとたいして変わらんよ。最悪はウチのオークションに出してやる」

じゃあ、それでいっかー。

「本部に行けばいいんです？」

「私が報告しておいてやる。そのうち、連絡が来るだろ。適当に売れ」

自分の懐に入らないからどうでも良さそうだ。

「そうします」

「そうしろ、そうしろ。よし、良い時間だな。私は帰る。動画を見なくては！　あ、ここは払っておくぞ」

サツキさんは残っているビールを飲み干すと、立ち上がって帰っていった。

「自由だなー」

「推しのＶｔｕｂｅｒがいるらしいです」

「へー」

どうでもいい情報だな。

「どうします？　店を変えます？」

別にここでいいな。カエデちゃんが隣にいるし。

「ここでいいよ。やきとり頼もー」

そう言いながらメニューを開く。

「ずっと見てましたもんね」

気付いていらっしゃった……

俺とカエデちゃんはその後も二人で飲み、十時前には解散した。


翌日、午後になるとエレノアの姿になり、タクシーを使ってギルドの裏に回った。ギルドの裏は駐車場となっており、そこを抜けたら裏口がある。

駐車場でタクシーから降りると、裏口の前に警備員が二人いるのが見えたため、歩いて近づく。

すると、駐車場に何かの紙が落ちていた。

ん？

何だろうと思い、拾ってみると、タクシーの割引券だった。

ふーん……かなり安いな。新しい会社みたいだし、名前を広めたいのかな？　せっかくだし、今度、使ってみるか。

良いものを拾ったと思い、割引券をカバンにしまうと、警備員のところに向かった。

「通ってもいいかしら？　ギルマスさんに許可をもらったんだけど？」

一応、聞いておく。あの人、警備員に伝えるのを忘れているかもしれないし。

「エレノア・オーシャンさんですね。聞いています。どうぞ」

身分証明とかいいのかな？　持ってねーけど。

許可を得たので、そのまま進み、裏口を開けた。裏口の先は通路になっており、いくつかの部屋が見えるが、方向的に突き当たりだろうと思い、通路を進み、突き当たりの扉を開く。すると、扉の先はよく見る受付の中だった。

何食わぬ顔で歩き、受付を出ると数人の冒険者がいたので、声をかけられる前にさっさとカエデちゃんのもとに行く。

「こんにちは」

「あ、こんにちはー」

カエデちゃんは今日も明るくてかわいい。

「ナナカさんは？」

「もう行ってます。早く行ってあげてください」

カエデちゃんがステータスカードと武器を渡してくれる。

「じゃあ、行ってくるわ」

カエデちゃんと話したいが、ナナポンを待たせるのは悪いし、さっさと行こう。

「あ、エレノアさん、冒険を終えられてからでいいので時間をください。ギルマスが話があるそうです」

話？　昨日、何かを伝え忘れたのかな？　あの人、飲むペース速かったもんなー。

「了解。夕方には戻るわ」

「お願いします」

何だろうと思いながらもゲートに向かい、ナナポンが待つダイアナ鉱山に急いだ。

ゲートをくぐると、これまでの廃墟の遺跡ではなく、岩壁に囲まれた五十メートル四方程度の薄暗い平地だった。

ゲートのすぐ近くには小屋がポツンと建っており、小屋の前にぼろっちいテーブルと椅子が置いてある。その椅子にはナナポンが座っていたのだが、俺に気付くと、すぐに立ち上がった。

そんなナナポンに歩いて近づき、声をかけることにする。

「こんにちは。遅れてごめんなさいね」

遅れてきたことを謝る。

「いえ、そんなに待ってませんから！」

ナナポンが慌てたように手を横に振った。

「どうしたの？　あー、一応、はじめましてかしら？　エレノア・オーシャンです。よろしくね」

「ど、どうも。横川ナナカと言います！　よろしくです」

「お前、昨日も思ったけど、人見知りか？」

素でしゃべってみる。

「いや、だって、時の人ですもん。黄金の魔女ですもん。ひ、人を食べるんでしょ？」

なんだそれ？　ネットにでも書いてあったか？

「食うわけねーだろ」

「ですよねー……あと、口調というか、雰囲気が女性だったもんでびっくりして」

「雰囲気も何もないでしょう？　女性なんだから」

見りゃわかんじゃん。

「昨日の沖田さんを知っていると、どうも違和感が……というか、なんでその口調？」

「お前が男は嫌だって言うからこうしてやってんだよ。それとも沖田君の口調がいいかしら？」

「混乱するんでやめてください。エレノアさんでお願いします」

じゃあ、そうしよう。俺も混乱するからそっちがいいし。

「それにしても不気味ねー……」

周囲を見渡す。

ここは木がポツリポツリと何本か生えているだけで、草はほぼない。ただ、高さ十か二十メートルの岩壁がある。そのせいで昼間だというのに薄暗かった。

「でしょ？　ここで一人は嫌です」

「確かにね」

ナナポンは男が嫌だからここに来ていた。でも、怖い。だからレベル８止まりなんだな。

「あ、そうそう。ランクはどうなったの？」

「Ｅランクに降格しました。ブランクがあるし、一からやり直せ、だそうです」

ぷぷっ。ざまあ。

「では、Ｅランク同士、仲良くしましょうか」

エレノアさんはＦランクのままだけど。

「あのー、余計なことをしてません？」

ナナポンは何かに気付いたらしく、ジト目で聞いてくる。

「私はあなたのためを思って進言したの」

「やっぱり余計なことをしてるじゃないですか！」

うるせー、Ｅランク。俺より上とか許さんわ。

「沖田君がＤランクになったら元に戻してあげましょう」

「なんであなたが決めるんですか⁉」

至極まっとうな文句を言ってきた。

「カエデちゃんとサツキさんに頼んだらわかりましたって言ってた」

あの子、良い子。

「最悪の不正です！　職権乱用です！　良くないと思います！」

黙れ、不正の塊。卑劣なカンニング女なくせに。

「すぐに上がるわよ。ほら、行きましょう。私もだけど、あなたのレベルを上げるようにギルマスに頼まれているの」

「えー……私もやるんですか？」

こいつ、わがままだな。

「賢者の石の材料にしてあげましょうか？」

「ひえっ!?　魔女だ！　行きます！　行きます！」

「よろしい。で？　鉱山の入口はどこよ？」

岩壁しか見当たらないけど？

「あ、こっちです」

ナナポンはそう言って小屋の裏に歩いていく。俺もついていくと、確かに小屋の裏には洞窟みたいな穴があった。穴は高さが三メートル程度で幅が二メートル程度しかない。

「これ？」

穴を指差す。

「これです」

「ここに入るの？」

狭くない？　暗くない？

「ここに入ります」

　嫌だよ。

「狭いわよ」

「中は広いですよ？」

「真っ暗じゃないの」

「透視のスキルで見えますよ」

　それはお前だけだろ！

「アホか」

「じゃあ、これでどうです？」

　ナナポンはそう言うと、杖を持っていない左手を胸の高さまで上げ、手のひらを上に向けた。すると、ボッという音と共にドッジボールくらいの火の玉が現れ、宙に浮く。

「ほう！」

「これで明るいです」

　すげー！　魔法だ！

「そういえば、ナナカさんはレベル２の火魔法使いだったわね」

「そうです！」

　ナナポンは自慢げだ。

「すごいわねー。魔法を見るのは初めてよ」

「え？　エレノアさんって魔女ですよね？」

「昨日、沖田君は魔法を使ってた？」

「あ、剣でした！」

刀じゃい。ちゃんと見とけや。

「私は錬金術と剣術だけだからね」

「その杖は？」

ナナポンが俺が持っている杖を指差す。

「これはマジックワンド。魔法が使えなくても使えるやつ」

「マジックワンド!?　めっちゃ高くなかったでしたっけ!?」

「ふふっ、一千万円程度よ」

安い、安い。わはは。

「一千万円……すごい！　私の杖は五万円です」

安いなー。でも、まあ、学生だし、そこまで冒険をしていないならそんなもんか……俺だって最初は五万円のショートソードだったし。

「杖って何かの魔法を使えるようになるの？」

「いえ、魔法の威力が上がるんですよ。微妙ですけど」

へー……まあ、五万円だしなー。

「そのうち、高いのも買えるようになるわよ」

「昨日もらった回復ポーションを売っても良いですか？」

「ダメ」

　緊急用だっての。

「そのマジックワンドは何の魔法です？」

「エアハンマー。スケルトンが面白いように吹っ飛ぶわね」

「それ、ここではやめてください」

　鉱山だもんなー。危ないからやめておこう。

「わかってるわよ。私には剣がある」

　杖をカバンに入れ、代わりに百万円のショートソードを取り出した。

「うーん、完全にファンタジー世界の住人ですね」

　黒いローブを着て、剣を持った腰まである長い金髪女。うん、ファンタジー。

「まあ、フロンティアがファンタジーでしょ。あなたも黒ローブを着る？　弟子にしてあげるわよ」

　ナナポンはチビだし、一緒にいたら弟子にしか見えないだろう。

「そんな見た目で魔法を使えないんでしょ？　何を教わればいいんですか？」

「金儲け。本当の意味での錬金術師ね」

　金を作るぞー！

「さすがは黄金の魔女。私はおこぼれをもらうことにします」

「そう？　では、行きましょう」

そう言って、ナナポンの後ろに回る。

「え？　私が先頭？　普通、剣を持っている人では？」

「灯りを持っているのはあなたよ。それに私はここが初めてなんだから案内しなさい」

「じゃあ、私が先に行きますよ……使えない師匠だな」

ナナポンがポツリとつぶやく。

「あなた、たまにブラックナナポンになるわよね」

「ナナポンってやめてもらえません？　広まりそうです」

残念。サツキさんがすでに呼んでいる。

「ほら、行って、行って」

ナナポンの背中を押す。

「わ、わかりましたから押さないでください。危ないです」

俺とナナポンは鉱山に入っていく。鉱山の中はナナポンが言うように広い空間だった。そして、いくつもの坑道のような穴が見える。

「迷いそうね……」

暗いし、坑道が多い。

「大丈夫ですよ。私にはすべてが見えています」

かっこいい！　眼帯をつけるといいぞ。

「あなたといると、本当に楽ね。モンスターはどこ?」

「こっちです」

ナナポンが一つの坑道に入っていったのであとに続く。

「この先にいます。ゆっくりとこちらに向かってきていますね。どうしましょう?　先に私が攻撃しましょうか?」

「大丈夫」

そう言って、鞘から剣を抜き、構える。

「あのー……」

「静かにしてなさい。気が散るわ」

邪魔すんな。

構えたまま、ひたすら待つ。そして、目を閉じた。

十秒くらい待ったと思う。踏み込み、剣を振った。すると、俺の剣に確かな感触が残り、目の前で煙が発生する。

「ふっ」

かっこつけて、剣を鞘に納めた。

「え?　な、なんでわかるんですか?」

ナナポンが驚いている。

「気配的なものね。私レベルになるとわかるの」

嘘。本当は音を聞いていただけ。スケルトンってカタカタって音を出すんだもん。

「す、すごい！　達人みたい！」

尊敬しろ！

「ふふっ、これが剣術レベル５よ！」

「５⁉　高っか！　魔女のくせに高っか！　バリバリの前衛じゃないですか！」

「ジョブは剣士だしね」

「魔女とか、錬金術師じゃないんだ……」

そういえば、魔女はともかく、錬金術師じゃないんだな……いや、きっと、それほどまでに俺の剣術がすごいんだろう！

「よーし！　次にいきましょう！」

「あ、奥にいますよ」

「じゃあ、ナナカさん、あなたの魔法でお願い。交互にやってレベルを上げていきましょう」

「わかりました。あのー、この火を消してもいいですか？　邪魔なんですけど」

ナナポンはずっと左の手のひらを上に向けている。

「まあいいわよ。今度からは懐中電灯を持ってこなきゃ」

「錬金術でそういうものを作れないんですか？」

「残念ながら、そういうのは作れないわね。レベルが上がったら作れるようになるのかな？」

「レシピ本でも売ってりゃいいですけどねー」

あったら大枚をはたいても買うわ。

「そうね」

「あ、来ました。すみませんが、消します」

ナナポンがそう言うと、急に真っ暗になった。

マジで何も見えない。

ちょっと怖いなーと思っていたら、目の前がうっすらと光り、ちょっとだけ明るくなる。よく見ると、ナナポンの杖の先が光っているのだ。その光は次第に強くなり光が炎に変わった。

「ファイヤー！」

ナナポンが杖を奥に向けて、そう叫ぶと、炎が飛んでいく。すると、炎は何かに当たり、燃え広がっていった。そして、炎が消え、何も見えなくなる。

「どうです⁉」

ナナポンの自信満々な声が聞こえる。

「炎がすごかった。でも、見えないわ」

何も見えねー……ハイドスケルトンもクソもない。暗くて何も見えんわ。

ここに冒険者が誰も来ない理由がよくわかった。

「あ、すみません」

ナナポンが謝ると、すぐに明るくなる。先程と同様に火の玉が周囲を照らしたのだ。

「まあ、ナナカさんの魔法がすごいことは大体、わかったわ。次に行きましょうか」

初めて見たが、殺傷能力も高いし、強い。

「はい。次はあっちです」

俺達は来た道を引き返し、別の坑道でハイドスケルトンを狩り続けた。

俺とナナポンはある程度のハイドスケルトンを倒し終えると、鉱山から出て、外の小屋の前にあるテーブルで休憩していた。

「疲れますねー」

ナナポンは背負っているリュックからペットボトルのお茶を取り出し、それを飲みながらまったりとしている。

「そう？」

カバンからレベル1の回復ポーションを取り出して、それを飲みながら聞き返した。

「……いや！　何を飲んでいるんですか⁉」

「レベル1の回復ポーション」

「五十万円⁉　もったいないですよ！」

そう言われると、すごくもったいないように聞こえる。

「これ、原価六百円よ。ちょっと高いけど、体力を回復できるなら別にいいじゃない」

「六百円……」

ナナポンはそうつぶやくと、リュックから財布を取り出し、五百円玉とと百円玉を一枚ずつテーブルに置く。

「学生からお金なんか取らないわよ」

カバンからポーションを取り出し、テーブルに置いた。

「あ、ありがとうございます」

ナナポンはポーションを手に取ると、じーっと見た後にゆっくりと飲みだす。

「ポーションって味がないんですね……って、すごい！　疲労があっという間に消えた！」

ナナポンが驚きの声をあげた。

「それで洗顔したらニキビとかも治るわよ」

「へー……え？　洗顔？」

「そう、洗顔。もっと言えば、それでお風呂に入ると、肌がぴちぴちになるわね……寒かったけど」

さすがに十月に水風呂は寒いわ。

「エレノアさん……バカ？　それ、いくらになると思ってんですか？」

「あくなき探究心よ。それにお金はある！　私はもう半額弁当を買っていたあの時とは違うの」

他にもケトルに入れてお湯にし、ラーメンを作った。この実験により、ポーションは熱すると、効果がなくなることが判明した。なお、この実験に意味はない。

「成金バカじゃないですか」

バカって言うな。

「ふっ、この手を見なさい」

ナナポンに自分の美しい手を見せる。

「へー、ほー」

ナナポンは俺の手を撫でたり、さすったりしてきた。

「どうでもいいけど、あなた、男嫌いじゃなかったの？」

めっちゃ触ってくるやん。

「いや、女性じゃないですか……私、今日一日でわかりました。あなたはずっとエレノアさんでいるべきです」

「死ね。俺にはカエデちゃんがいるの」

ペッ！

「怖っ。そんなに朝倉さんが好きなんですか？」

「オアシスだから。ブラックな会社と上司で病んだ俺の心を癒してくれる砂漠のオアシスよ」

大学時代もかわいい子だなとは思っていたが、病んだ状態で再会すると、ものすごくかわいく、癒しの雰囲気がすごかった。

「そうですか。蜃気楼じゃないといいですね」

俺、こいつのこのブラックなところは嫌いだな。

「ほら、もういいでしょ。もう一回アタックしたら帰りましょう」

ナナポンの手を払う。

「わかりました。早く朝倉さんと一緒に暮らせるといいですね」

良いこと言うね。でも、お前、一人暮らしの俺の家に来たくないだけだろ。ポーション風呂に入りたいという欲が見えるわ。

休憩を終えた俺達は夕方になるまでハイドスケルトンを交互に狩り、この日の冒険を終えた。今日は二人共、レベルは上がらなかったが、初日にしては良かったと思う。

冒険を終えた俺はナナポンを先に帰し、時間差で俺もギルドに戻ることにした。あまり、エレノアさんと一緒にいるところは見せない方がいいからだ。

ナナポンが帰って十分くらい経った後、俺もゲートをくぐり帰還した。そして、ロビーに戻ると、他の冒険者がチラホラと見えるものの、ナナポンの姿はなかった。

帰ったのかなーと思いながらカエデちゃんのもとに行く。

「あ、おかえりなさい。お疲れ様でした」

俺を見たカエデちゃんが労をねぎらってくれる。

「どうも。精算をお願い」

ステータスカードをカエデちゃんに提出し、カバンを受付に置いた。

「あ、その前にギルマスに会ってください。こっちです」

カエデちゃんがそう言って立ち上がったので、ステータスカードをしまい、カエデちゃんについていく。そして、案内され、支部長室に入ると、先にギルドに戻ったはずのナナポンが俯き、小さくなってソファーに座っていた。

「何してるの？」

ナナポンの対面に座っているサツキさんに状況を聞く。

「何もしてない」

「いや、どう見ても怒られている構図だけど？」

「こいつはこんな奴だ」

あんたが脅したからじゃね？　あー、でも今日は元気だったけど、最初はこんな奴だったな。男性恐怖症うんぬん以前に人見知りする子なんだろう。

「まあ、いいわ。それで話って？」

ナナポンの隣に座りながら聞く。なお、カエデちゃんは残念ながらサツキさんの隣に座った。

「昨日、このギルドに何者かが侵入した」

ん？

「どういうこと？」

意味わからん。

「そのまんまだ。盗まれた物はないが、明らかに侵入の形跡があった」

何も盗まれてない？　お金がいっぱいありそうなのに？

「防犯カメラは？」

「一時間ほど映っていない時間がある」

「先に言っておくけど、私ではないわよ」

透明化ポーションを持っているから侵入は容易だが、俺ではない。金に困ってねーし。

「そんなことはわかっている」

じゃあ、なんで呼んだんだよ。明らかに疑ってんじゃん。

「疑っていないなら何？　私に犯人を捜せっての？」

警察でも探偵でもないぞ。

「お前ではなー……」

おい！　バカにしてんな！

「というか、ここって二十四時間営業じゃなかった？」

誰かいたんじゃないの？

「侵入されたのは奥のとある部屋だ」

とある部屋……

「金庫室？」

「ある意味、それよりも大事な部屋だな。ステータスカードを保管している部屋だ」

……………。

「ダメじゃん」

アホか！　俺やナナポンのステータスカードを見られてんじゃん！

「大丈夫。お前らのステータスカードはカエデが保管している」

「え？　それっていいの？」

「ダメだが、念のためにカエデが持っているアイテム袋に保管してもらっていた」

用心をしていたのか。

「他のステータスカードは盗られてないわけね？」

「そうなる。間違いなく、目的はお前のステータスカードだろう」

俺もそう思う。何者かが俺のスキルを見たかったんだ。というか、この不人気ギルドには有望な冒険者はいないし、俺以外にありえない。

「誰かしら？」

「わからん。心当たりが多すぎる」

まあ、皆、俺のスキルを知りたいだろうしな。

「どうするの？　警察は？」

「ギルドに侵入を許したなんてヘマを上に報告できん」

つまり隠蔽かい。

「それでいいの？」

「幸い、何も盗まれてないし、お前ら以外のステータスカードを見られたところで問題はない」

レアスキルは俺とナナポンだけだもんな。

「気を付けてね。私とナナカさんにとっては死活問題よ」

「わかっている。だからな、今後そのステータスカードはお前らが持ってろ。そして、不必要にアイテム袋から出すな」

「ギルドでも？」

「そうだ。正直、そこが一番危ない」

ステータスカードの提出と返却を人がいっぱいいるところでやるんだもんな。盗られるまではいかなくても盗み見される可能性がある。

……このギルド、人いねーけど。

「わかったわ。ナナカさんも？」

「そうなる」

俺とサツキさんがナナポンをじーっと見る。

「あ、あのー、もしかして、あなた方って危ない橋を渡ってます？」

ナナポンはようやくわかったようだ。

「お金が何億も動いているのよ？　今後はもっと額が上がるでしょうね。危ない橋に決まってるじゃない」

「あ、私、引退します」

ナナポンが自分のステータスカードをスッとテーブルに置いた。

「もし、私が敵に捕まったら弟子がいるって言うわ。弟子にだけは手を出さないでって必死に懇願する」

「鬼か！　あ、魔女だ……」

ナナポンがガーンという擬音が聞こえてきそうな顔をする。

「ふふっ、大丈夫よ。フロンティアではあなたの透視があれば問題ないし、日常生活でも透明化ポーションで逃げられるから」

死角なし！

「私、普通にあなたの家にまで行けましたけど？」

…………。

「それはあなたが特殊なの」

透視なんて汚ねーわ。

「敵とやらも透視みたいなスキルを持ってるかもしれないじゃないですか」

…………。

「黙れ、ガキ。大学にカンニングをばらすぞ」

逆らうんじゃねーよ。

「最低です！」

「それはお前じゃい！」

卑劣なカンニング女のくせに。

「ナナポン、これは私達の人生を決める仕事なんだ。透視が有益なのは学生時代だけだぞ。社会人になれば意味がないとは言わんが、そこまで役には立たない」

サツキさんは両手の指を組み、口元に持っていくというとても悪そうなポーズでナナポンに語り掛ける。

「それはそうですけど……」

俺なら人生が潤うけどな。まあ、女子のナナポンには関係ないけど。

「人生で大事なのは金だ。仕事もせずに遊んで暮らす。この最高の幸せを掴むには金がいる」

そうだ、そうだ！

「えー……」

「お前にもこのビッグビジネスに一枚かましてやろうと言っているんだ」

「えっと、拒否権は？」

「もちろんあるぞ。ただ、お前は大学を退学となる」

「…………ないじゃん」

ナナポンはガクッと落ち込むと、カエデちゃんを見る。すると、カエデちゃんがニコッと笑った。かわいい。

「……ここには欲望にまみれた人しかいない」

今、気付いたんか？

隣に座っているナナポンの肩にそっと腕を回す。

両手で顔を覆っていたナナポンが顔を上げる。

「……エレノアさん」

「黄金を見せてやるって言ったでしょ？　世の中はね、お金なの、お金」

カバンの中から取り出した百万円の束をナナポンの膝に置いた。

「……わかりました」

札束を見たナナポンはそう言って、札束をギュッと握りしめ、横に置いてあったうさぎのリュックに詰め込んだ。気のせいかうさぎさんが笑った気がする。

「あなたの取り分は五パーセントね」

「十パーセントください」

ちゃっかりしてんな。

「いいでしょう。その代わり、私の敵をしっかり見なさい」

「わかりました」

ブラックナナポンはスーパーブラックナナポンに進化した。

第二章 ―― Chapter 2

「よし！　話はまとまったわ！」

ナナポンはダークサイドに落ちたのだ。元々、ダークっぽかったけど。

「話がきれいにまとまって良かった。それにしても、お前ら仲良くなったな。ナナポン、いつも小声でオドオドしてたのに」

そういや、昨日はオドオドしてたのに今日はしてない。声の大きさも普通だったし、大声でツッコんでいた。さっき、サツキさんと二人でいた時は縮こまってたけど。

「ナナカちゃんの男性恐怖症みたいなのが治ったんですかね？」

カエデちゃんがサツキさんを見る。

「さあ？　というか、エレノアは大丈夫なのに、私にオドオドするのはなんでだ？」

「エレノアさんはかっこいいから。ギルマスさんはちょっと……」

ナナポンがそっと目を逸らした。

「かっこいい!?　このバカが？」

「バカって言うな」

バカじゃない。俺はバカじゃない。

「テレビで見てた時もそうでしたけど、今日も剣を振ってたのがかっこよかったです」

ふっ、剣術レベル5だもん。あれ？

「昨日も沖田君を見てるわよね？」

あっちの方がかっこいいと思う。刀だったし。

「沖田さんは人斬りっぽいから嫌です。怖いです」

おい！

「誰が人斬りだ！」

「あと、さっき肩を触ってきたから嫌です。セクハラです」

……………。

「百万払ったじゃん」

大金だぞ。肩を触るくらい別にいいじゃん。

「先輩、それはないです」

ああ……カエデちゃんが冷たい。カエデちゃんにはその百倍でも一万倍でも払うのに……

「エレノアさんならいいですけど、昨日の沖田さんは嫌です」

どっちも俺ですけど？

「ちょっと待て。私は？　現役時代はよくかっこいいって言われたぞ！」

自分で言うかね？　この人、確かに俺の目から見ても仕事のできるかっこいい女性だなって思うこともあるが、こういう残念なところがあるんだよなー。

「いや、脅してきた人は……」

そりゃそうだ。

「サツキさん、あなたには優雅さとミステリアスさがないのよ。そう、私のように」

足を組み、自分の長い髪を手で払った。

「黙れ、女装野郎」

……それは言ったらダメだよぅ。

「先輩の趣味やギルマスのかっこ悪さは置いておくとして、ナナカちゃんはこれから先輩とやれそうってことでいい？」

趣味じゃねーってば。

「エレノアさんなら大丈夫です」

沖田君はダメらしい。

「まあ、フロンティアの人がいないエリアなら大丈夫でしょう。ギルマス、それでいいですか？」

カエデちゃんがサツキさんに確認する。

「いいだろう。さっさとレベルを上げてＡランクになれ」

「Ａランクか……なれますか？」

ナナポンがサツキさんをじっと見た。

「なれる。お前はウチでは有望だったし、レアスキルもある。元Ａランクの私を信じろ」

そういや、この人Ａランクだったな。

「わかりました。頑張ります！」

ナナポンがやる気を見せている。

「話は終わりかな？　じゃあ、私は帰るわ。カエデちゃん、タクシーを呼んでくれる？」

「わかりました」

カエデちゃんがスマホを取り出し、操作しだした。

「あ、カエデちゃん、ここにして。安いから」

ここに来る時に拾った割引券をカバンから取り出し、カエデちゃんに渡す。

「割引券ですか……ケチですねー」

「ケチと節制は違うのよ？」

「まあ、そうですね。えーっと……」

カエデちゃんが割引券を見ながらスマホを操作する。

「あ、じゃあ、私も今日は帰ります」

ナナポンがそう言って、立ち上がる。

「タクシーだし、送っていこうか？」

「あー、でしたら中野駅まで送ってくれません？」

中野駅か……人が多そうだけど、別にタクシーから降りなければナナポンと一緒にいるところを見られることもないだろうし、大丈夫だな。

「いいわよ」

まあ、中野ならそんなに遠くない。

俺とナナポンはタクシーが来るまでの間、今後の冒険について話し合う。そして、カエデちゃんからタクシーが来たことを聞き、サツキさんの許可をもらって、裏口から出た。外に出ると、駐車場の前に一台のタクシーが止まっているのが見える。

俺とナナポンは警備員に会釈をして、歩いてタクシーまで向かった。俺達がタクシーに近づくと、後部座席のドアが自動で開く。

俺が先に乗り込もうとして、タクシーのシートに片足を乗せ、身体の半分と顔をタクシーの中に入れると、タクシーの後部座席に人が乗っているのが見えた。その人は金髪の女の人であり、日本人ではなかった。

その女の人の手に持っている黒い塊を見て、顔をしかめる。

どういうことだ？　さっきまで後部座席には誰も乗っていなかった。この女、俺が乗ろうとしたら急に現れたぞ。

「ナナカさん、悪いけど、人と会う約束してたのを忘れてたわ。ごめんだけど、やっぱり電車で帰って」

そのままの体勢でナナポンに謝った。

「え？　え？」

ナナポンは状況を理解できておらず、混乱している。多分、ナナポンは透視でタクシーの中の状況が見えているのだろう。

「また縁があったら会いましょう。その時はお詫びにランチをごちそうするわ。じゃあね」

そう言って、タクシーに乗り込んだ。すると、タクシーの自動ドアが閉まり、すぐに発進した。

それでもまだ金髪の外国人は俺に黒い塊……拳銃を向けたままだ。

チッ！　あの割引券、罠かい……こいつらがあそこに置いたんだ。

「目的地を告げていないのに走るのはどうかと思うわ」

どこ行くねん。

「ちょっとドライブに付き合ってくれよ」

タクシーの運ちゃんがそう答えた。

「ドライブねー。お客さんがすでに乗っているみたいだけど？」

いまだに銃を向けている女をチラッと横目で見る。

「相乗りいいかしら？」

女がにやりと笑いながら聞いてきた。

「まあ、いいけど……」

「あなた、随分余裕ね？　さっきの子が助けを呼ぶと思っているの？」

「さっきの子？　ああ、あの子ね。あの子は同じギルドの女性冒険者だからついでにタクシーで送ろうと思っただけ。その程度の関係だから助けはないわね。そんなものは必要ないし」

ナナポンとは無関係ですよー。

「へー、そうなんだ。助けは必要ないの？」

「ないわねー」

「これが見えない？」

これとは拳銃のことだろう。

「ふふっ。面白いわね。どうしようかなー？　うーん、聞く？」

「命乞いでもするのかしら？　聞くわ」

金髪女が笑いながら頷く。

「まず、あなたの頭を掴み、捻る。そして、剣を出して、運転席のシートの後ろから突き刺せば、あなた達は終わり」

ただし、運転手が死ぬので俺も事故る。

「私が引き金を引く方が早い」

普通に考えればそうだ。

「ふふっ、弾が入ってないのに？」

その拳銃に弾が入っていないのは最初からわかっている。俺のカラコンは鑑定コンタクトなのだ。それに何より、こいつらには殺気がない。

「何故、わかるの？」

女の笑みが消える。

「私が誰か知ってて、こんなことをしたんじゃないの？」

「黄金の魔女……」

「ふふっ、わかってるじゃない」

わかった？　だったらさっさと銃を下ろせ。弾が入ってないとわかってても、怖いものは怖いんだよ。

◆◇◆

俺はチラッとバックミラーで笑っている魔女を見た。

この女、本当に魔女か？　何故、この状況で笑える？　何故、拳銃に弾が入っていないことがわかった？

「さっさと銃を下ろしてくれないかしら？　弾が入っていなかろうが、それがモデルガンだろうが、不快よ」

クレアはこれ以上は無意味と判断したのだろう。ゆっくりと銃を下ろした。

「黄金の魔女、謝罪しよう」

一応、俺から謝っておこう。

「そう、まあいいでしょう。では、上野までおねがい」

上野か……動物園があるとこか？　……どこだ？

「少し話がしたい」

まあ、どうせ魔女も適当に言っているだけだろう。自分の住んでいるところを教えるわけがないし、適当に走らせよう。

「勝手にどうぞ」

この女の余裕は何だ？　銃に弾が入っていないことがわかったとしても、この状況で何故、冷静でいられる？

「クレア、頼む」

苦手意識を感じ、クレアに丸投げすることにした。

「ハリー、あんたが話すんじゃないの？」

「悪いな。右ハンドルは初めてなんだ」

これは本当。しかも、道は狭いし、車が多いから集中したい。

「事故らないでね」

魔女が薄っすらと笑う。

「黄金の魔女、私達はアメリカのエージェントよ」

おい！　いきなり言う奴があるか！

俺がそう思い、ミラー越しにクレアを睨むと、クレアが睨み返してきた。

クレアも余裕がないのか……

「アメリカ？　ハロー」

魔女が手を振った。

「ハロー……」

クレアが呆れたように挨拶を返したが、急にハッとしたような表情になった。それを見た俺もようやく気付いた。

この女、日本語をしゃべっている。この前の動画のような気持ち悪い言語ではない。

「あなた、あの言葉は何だったの？」

クレアが聞く。

「言葉？」

「例のテレビのやつよ」

「ああ、あれ……うーん、まだ言ったらダメな気もするけど、この状況じゃあ仕方がないわね。脅されて仕方なくって感じかな」

確かに脅している状況に見えなくもないし、実際にそうした。だが、脅された方は余裕そのものだが、こっちにはまったく余裕がない。

「教えてくれ」

「そうね」

魔女は肩にかけているカバンに手を突っ込んだ。

反射的に左手をハンドルから離し、懐に入れかけたが、すんでのところでやめる。

相手は得体のしれない魔女なのだ。刺激しない方がいい。もう遅い気もするが……

そうしていると、魔女はカバンの中から無色透明な液体が入ったフラスコを取り出した。

「それはポーション、か？」

だが、無色透明なポーションなんか見たこともないし、聞いたこともない。ポーションには必ず色があるのだ。

「これは翻訳ポーションって言うの。これを飲めば、あんな感じになる。飲んでみましょうか？」

翻訳ポーション？　なんだそれ！　そんなもんは聞いたこともないぞ！

「飲んでみて」

クレアがそう言うと、魔女がポーションを一気飲みした。

「こんな感じ。どう？」

魔女がしゃべった言葉は確かに日本語にも英語にもドイツ語にも聞こえた。この前とまったく同じ状況である。

「ひゅー」

思わず、口笛を鳴らした。すると、クレアが睨んでくる。

「すごいわね。それ、どうしたの？」

クレアはすぐに俺から目線を切り、魔女を見た。すると、魔女がニヤーと笑う。

「たまたまスライムからドロップしたわ」

ふざけるな！

そう叫びそうになるのをグッと堪えた。

「すごいわね。三十年間、スライムどころかどんなモンスターからもドロップしなかったっていうのに」

クレアはまったく信じてなさそうに言う。まあ、誰だって信じない。

「私は運がいいから」

これは絶対にドロップじゃねーな……

「もったいないことをしたわ。そんな貴重なアイテムを無駄に使わせてしまった」

クレアが残念そうに首を横に振る。俺もそう思う。できたら本国に持ち帰りたかった。

だが、どうせ……

「もったいない？　ふふっ」

ほら、その笑いはいくらでもあるってことだ。魔女が躊躇なく飲んだことで予想はつく。

「売ってくれないかしら？」

チッ！　先を越された。やっぱり俺が後部座席で尋問係をやるべきだったか？　でもまあ、同性の方が良いだろう。

「いくつ？」

嫌な質問してきやがるぜ。この魔女、俺らで遊んでるな。

「検証したいし、二つかな？」

バカ！　もっと吹っ掛けろよ！

「二つで良いんだ……じゃあ、どうぞ」

魔女はカバンからさっきの無色透明のポーションを二つ出し、クレアに渡してきた。

チッ！　この魔女、マジで持ってやがる！

「いくらかしら？」

「……決めてなかったわ。まだ、発表もされてないしねー。そうね。弾が入った拳銃と交換しましょうよ。最近、物騒だし」

銃……こいつ、クレアが銃弾の入った拳銃を隠し持っていることに気付いてやがる！

「はい、どうぞ」

クレアがお尻の下から拳銃を取り出し、魔女に渡したのだが、この状況で銃を渡すのはマズくねーか？

「あら、早い。じゃあ、商談は成立ね。あ、誰にも言ったらダメよ？」

魔女はカバンに銃を入れた。

「わかってるわよ」

銃を使うかと思ったが、使わない……

「話は終わり？　ところでハリー、上野はそっちじゃないわよ」

魔女がバックミラー越しに俺を見て、言ってきたのだが……

「何故、俺の名を⁉」

こいつ、どこまでわかっているんだ⁉

「……は？　さっきクレアがそう呼んでたじゃない」

そういえばそうだわ。落ち着け、俺。

「あ、そうか」

クレアがめっちゃ睨んできたが、勝手に人の名前を呼んだのはお前だ。俺もお前の名前を呼んだけど。

「それで？　上野は？」

「悪いが、ここはどこだ？」

マジでわからん。このタクシー、ナビついてないし。

「ハァ……もういいわ。適当に走って話が終わったら降ろしてちょうだい。本物のタクシーを拾って帰るわ」

魔女は諦めたようにため息をつくと、背もたれに背中を預けた。

「あなたは何者……？」

クレアがなんとか言葉を出し、魔女に聞く。

「黄金の魔女、エレノア・オーシャン」

自ら魔女を名乗るか……

「あなた、その髪は地毛？」

ノーマンの調査の結果、この魔女が美容院で髪を染めたという情報は掴んでいる。ジャージで来た黒髪の女だったらしい。

さて、どう答える？

「髪？　きれいでしょ。昔から金髪に憧れていたの」

地毛じゃないことをあっさり認めるか……

「その目は？」

「カラコン。あなたみたいな金髪碧眼って良くない？」

「あなたは黒の方が似合いそうよ」

　俺もそう思う。日本人は黒だろ。ましてや、そんなに真っ黒なんだから。

「ないものねだりかもね。で？　そんなことが気になるの？　言っておくけど、髪染めポーションなんてないわよ」

　あってもいらねーわ。その辺で似たようなものを売ってるし。

「黄金の魔女はその髪から来た名かしら？」

「そうじゃない？　自称したわけじゃないから知らないけどね。でも、気にいっているわ。黄金は髪じゃなくてマネーの方だけど」

　儲けてそうだしな。

「羨ましい限りよ」

「そう？　ねえ、私からも聞いていい？」

　魔女が聞いてくる。

「何かしら？」

「単純な疑問よ。アメリカのエージェントがなんでいるの？　こんなことをしてるくらいだし、話を聞きに来ただけじゃないでしょ」

　まあ、聞いてくるわな。

「一つはオークションに参加しに来たのよ」

「ネットでやりなよ」

まあ、入札なら本国でもできる。

「どうせ受け取りがあるもの」

クレアの奴、もう落札した気でいやがる。さすがにため込んでんな……俺はちょっと微妙。

「そう、良かったわね。他の理由は？」

どうする？　言うか？

「あなたが人気すぎてね。強引にデートに誘う人が多いのよ」

「知ってる。菓子折りどころか銃を突き付けてくるブロンド女と運転手もロクにできない筋肉男がいるわ」

俺らか？

左腕をハンドルから離し、自慢の力こぶを作って見せつけた。

「そう、あなたよ、筋肉バカ。今度からは東京の地図を頭に入れておきなさい」

そうするか……まあ、身体を鍛えることが趣味だし、自慢の筋肉なので否定はしない。

「むさくるしくてごめんなさいね。一応、あなたの護衛なのよ」

クレアは俺達の目的を言うことにしたようだ。

「護衛？　どうやら日本とアメリカでは護衛の意味が異なるようね。日本ではこれを誘拐と言うのよ」

アメリカでもだよ。

「ちゃんと帰すよ」

バックミラー越しに魔女を見ながら頷いた。

「ここがどこかもわかっていないのに？」

「すまん。品川ってどっちだ？　俺らのホテルがあるんだが……」

どうせ上野も適当だろうし、俺でもわかるところで降ろそう。

「……次の信号を右に曲がりなさい」

右、ね。

「今、世界中があなたを欲しがっているわ。あなたは危ないの」

クレアが話を続ける。

「私をねー……ねえ？　あなた達、池袋のギルドに来た？」

池袋？　こいつが所属しているさっきのギルドか？

「行きたいんだが、まだ許可が下りてない」

別に池袋じゃなくてもいいんだが、日本が借り受けているフロンティアのエリアに行こうとしているのは事実だ。他所の国がどんなエリアを借り受けているか気になるし。

「ふーん……あなたかと思ったんだけどね」

魔女がそう言って、クレアを見るが、何のことかわからない。

「どういう意味……？」

クレア、動揺しすぎだ。落ち着け。

「本当に違うみたいね。あなたのスキル、多分、透明になれるか、気配を消せるスキルだろうからあなただと思ったんだけど」

何のことかはわからないが、スキルは正解。クレアのスキルは自分の存在を他人の意識から外すスキルだ。もちろん、モンスターにも有効。

「ごめんなさい。本当に何のことかわからないわ。何かあったの？」

「昨日、ギルドに空き巣が入ったらしいの。盗まれた物はないみたいだけどね」

チッ！　もう動いたか！

「く、詳しく聞かせてちょうだい！」

クレアが慌てて詳細を聞こうとする。

「全部言った。それ以上は知らない。私、ギルド職員じゃないし」

そりゃそうだ。こいつは冒険者だ。

「私達があなたを守るわ」

「いらない。あなた達が私を狙ってる可能性が高い」

まあなー。

「信じてくれないのかしら？」

「信じる？　私が？　あなた達を？　お花畑ねー」

クレア、落ち着け！　拳を握りしめるんじゃない！　どう考えても俺らが悪い。というか、ガキンチョを脅かしてやろうって笑いながら、これを提案したお前が悪い。

「だったら、どうしたら信じてくれる？」

「ステータスカードを見せて」

「え？」

　無理だ。ステータスカードは人に見せることはできない。自分のスキル、レベル、ジョブは絶対に隠さないといけないものだ。

「ふふっ、そんなに呆けないでよ。怖いならいいわ」

　チッ！　安い挑発だ。

　こんなものに乗る奴なんて……

「いいわよ。見せるわ」

　うん、知ってた。

　ノーマン、すまん。俺らにはこういう仕事は向いてないわ。軍人上がりの冒険者に向いているわけがない。

「ふーん、冒険者なんだ」

「知ってるくせに」

　クレアは有名だからな。

　クレアは懐から本当にステータスカードを出し、魔女に見せた。もちろん、スキルの部分は指で隠している。

「クレア・ウォーカー……え!? 本名？ コードネームじゃないの？」

魔女が初めて驚いた。

「隠してもしょうがないでしょ。私達は顔が割れているんだから」

Aランクだもんなー。

「…………」

魔女はカバンからスマホを取り出し、操作し始めた。

「あ、Aランクなんだ」

知らなかったのかよ……もしかして、クレアって日本での知名度がない？ クレアは俺よりも人気で知名度も高いんだが……

魔女は再び、スマホを操作する。

「ねえ、ハリー」

「なんだ？」

「あなたって、ハリー・ベーカー？」

あ、俺も知られてなかった。

「……そうだ」

「なんかごめんね。私、あんまり詳しくないの。でも、調べてみると、いっぱいヒットしたし、きっとすごいんでしょうね」

すげーフォローしてきたよ。これ、マジの反応だわ。

「……信じてもらえた？」

あ、クレアもへこんでる。アメリカでは子供に人気だもんなー。

「ふふっ、まだだーめ」

魔女はクレアのステータスカードのスキル部分を押さえている指をそっと撫でた。

「スキルはダメ」

「ふーん……じゃあ、スキルは何個？」

「五個」

「嘘つくんだ？　心臓を抉り出して食べちゃおうかな？」

マジ？　魔女だし、冗談に聞こえないんだが……

「……ふーん、認識阻害ねー」

あ、クレアの奴、見せやがった。しかし、クレアのユニークスキルが見えるってことはこの魔女がユニークスキル持ちなことは確定した。あとはどんなスキルかだ。

「ハリー」

あ、次は俺か？　いや、絶対に嫌だわ。

「すまん、ステータスカードを忘れた」

そう、きっとホテルに忘れた。

「……死にたいの？」

魔女のつぶやきが聞こえた直後、ぞくっとし、俺の背中がびっちょりになった。

殺される。ただ、そう思った。

「そういえば、持ってきてたわ」

前を向いたまま、胸ポケットからステータスカードを取り出した。すると、すぐに俺の手からカードがなくなる。

「……ハリー、あんた、身体能力系のスキルばっかりね」

「身体を見りゃわかんだろ。筋トレが趣味なんだよ」

筋トレしていたら自然とそうなった。

「鋼糸って何？」

やっぱり見えるわな。

「俺のユニークスキルだ。文字通り、鋼の糸を出すことができる。切れ味もいいぞ」

「キャラじゃないわね」

わかってるよ。

「よく言われる」

「まあいいわ。信じましょう。それで、なんであなた達が護衛してくれるの？」

魔女が身を乗り出し、俺のステータスカードを返してくる。

「我が国と日本は同盟関係よ。冒険者ギルド間でも協定が結ばれている。だから自主的に助けようと思って」

「まあ、黄金の魔女を敵国に奪われるわけにはいかないってことだ」

「ふーん、つまり勝手に来たわけね。でも、私は大丈夫よ。捕まらない」

すぐ消えるしな。

俺達も何度かあとをつけたが、ノーマンの報告通り、いつのまにか姿かたちが消えた。

「フロンティアの中だったり、今みたいなこともあるだろ」

この国は平和だが、フロンティア内は基本的に危ない。ウチの国なんかではモンスターよりも犯罪を犯す冒険者の方が危険だったりする。

「フロンティアには行かない。でも、オークションの調整があるからギルドには来るわね。まあ、勝手に護衛しなさい。拒否しても、勝手にするんでしょうしね」

まあ、そうなる。今日は挨拶と探りに来ただけだ。大失敗だけど。

「何かあったら連絡してくれ。どっちもいつでも出られるようにしておく」

俺は自分とクレアの連絡先が書かれた紙を渡す。

「うーん、連絡するならクレアの方ね」

紙を受け取った魔女はカバンからスマホを取り出し、操作し始めた。多分、登録しているのだろう。

「それがいいわ」

魔女の言葉を聞いたクレアが頷く。

まあ、それでいい。さっきはああ言ったが、フロンティアにいたら通じないし。

「了解。ハリー、ここでいいわ。降ろしてちょうだい」

ここって、もう品川か？　どこだ？

「ハリー、追跡は？」

クレアが確認してきた。

「ない」

そういう車はない。

「なら止まって。これ以上は拘束できない」

さすがにもう無理か……

「暇だし、拘束するのはいいんだけど、もうちょっともてなしなさいよ。何も出さないうえに迷子って……」

迷子はすまん。実を言うと、まだ迷子だ。

すぐに車を路肩に寄せ、停車する。

「今日はごめんなさいね。今度はハンバーガーでも持ってくるわ」

え？　煽ってる？

「いらない。そこの筋肉に地図を叩き込んでおいて。じゃあね。オークション頑張って」

魔女はそう言って、手を挙げると、車を降りた。そして、大勢の通行人が驚いたように魔女を見るが、魔女はまったく気にせずに歩いていく。

「追う？」

クレアが聞いてくる。

「無駄だ。どうせ、すぐに消える。それよりも空き巣が気になる。池袋のギルドを張ろう」

間違いなく、例の国々の連中だろう。ギルドに忍び込むなんてリスキーなことを他がするわけない。

「そうね。池袋まで行って」

どこだっけ？　というか、ここどこ？

とりあえず、走り出すことにした。

「ふう……シャワーを浴びたいわ」

車を出し、しばらくすると、クレアが息を吐く。

「どうした？」

「ずっと緊張よ。あの魔女、私にだけ殺気を向け続けてたのよ」

ああ、あれか……俺も一回やられた。

クレアはずっとあの状態だったのか……だからあんなにボロボロだったんだ。

「ご愁傷様。拳銃を突き付けるからだろ」

「あれは人殺しね。本当に食べられるかと思ったわ」

「魔女だしなー」

昔読んだ童話を思い出す。

「でも、成果はあったわ」

クレアが無色透明のポーションを持って、不敵に笑った。

「翻訳ポーションとやらか。どう思った？」

「騒がれたことで自分の失態に気付いて、慌てて用意したって感じじゃない？」

まあ、そんなところが妥当か。

「本物かね？　本国に送るのか？」

「一個はね。もう一個は私の物よ」

「そんなもんいらねーだろ」

英語で十分だ。

「バカね。これは世界に一個しかないのよ。物好きの金持ちが大金を払って買うわ。多分、近いうちに日本のギルドが発表するんでしょうけど、そのタイミングでオークションにかける」

「魔女が先だろ」

「日本は遅いから売るまでに時間がかかるわ。私の方が早い」

「出所は何て言うんだよ」

魔女から買ったか？

「スライムからドロップしたんでしょ。私もそう言う」

この翻訳ポーションの値段次第では世界中でスライム狩りかね？

「ちゃっかりしてんな」

「ただでは転ばないわよ」

こいつは冒険者が本業だが、商売もやってるからなー。

「まあ、勝手にしろ。接触はどうする？　もうやめておくか？」

「いや、する。あの女、まさしく黄金の魔女よ。金の匂いがプンプンする」

　悪い顔してますわ。

「そうか？」

「アイテム袋に翻訳ポーション……それに回復ポーションね」

「例の件か？　魔女が買取店に回復ポーションを五個も売ろうとしたっていう」

　これも調査でわかった。

「それだけじゃないわ。日本の各ギルド支部で明らかに普通じゃない量の回復ポーションが売られている。間違いなく、あの魔女が売ったのよ。それを池袋の支部長が各ギルドに売りさばいた」

「まあ、そう見るのが妥当かね」

「そうよ。そして、私は回復ポーションが欲しい。あれはいくらあってもいい。それに私ならアメリカでもっと高く売れるわ。回復ポーションは需要に対して、供給が圧倒的に足りてないからね」

　それはわかる。冒険には回復ポーションが必須なのに滅多にドロップしない。もっと言えば、医療的にも足りてない。回復ポーションを使えば、一瞬で骨折が治るのだ。冒険者でなくても欲しいに決まっている。

「交渉するのか？　さすがに日本のギルドや政府が黙ってないぞ」

「どうとでもなるわよ。そもそもアイテム袋も回復ポーションもこの翻訳ポーションもありえないのよ。あの魔女は異常なの。そして、この異常にお役所仕事の連中では対応できないわ。絶対に揉める。それを私が横からかっさらう」

まあ、わからんでもない。俺達が命を賭けてモンスターを倒し、それで得たドロップ品をギルドや国は調査と称して奪ったり、多額のマージンを取ったりする。日本はまだそういうのが少ない方だが、この状況ではわからん。そして、それをあの魔女が許容できるとは思えない。

「ふーん」

「黄金の魔女は金を生む存在よ。絶対に奪われたらダメ」

「ノーマン達もそう思ったんだろうな」

「この際、フロンティア人なのかどうかなんてどうでもいいわ。死んでも守るわよ」

多分、全員がお前と同じことを思っているだろうよ。

あの黄金の魔女を確保したい。他に奪われたらダメ。

クレアは完全に金に目がくらんでしまっている。あのエレノア・オーシャンとかいう女は本物の魔女だ。金という魔法で人を狂わせる魔女だろう。

「ねえ、ハリー」

金に狂った女が声をかけてくる。

「なんだ？」

「あれ、スカイツリーに見えるんだけど、あんた、どこ走ってんの？」

確かにでかいタワーが見えるな……

「わからん」

「……いつから？」

「実は魔女を乗せた時からまったくわかっていない」

東京はわからん。

「運転代われ、脳筋野郎」

ホテルに帰ったら地理を覚えるか……

◆◇◆

俺は品川で役に立たないタクシーから降りると、すぐに人がいない路地裏に行き、透明化ポーションを飲む。そして、ちょっと寒いがその場で服を脱ぎ、ＴＳポーションを飲んで男に戻った。次にカバンから男物の服とコートを取り出し、服を着てコートを羽織った。念のため、コートでエレノア用のカバンを隠すのだ。

すべての切り替えを終えて、周囲に人がいないことを確認し、再び透明化ポーションを飲んで透明化を解いた。そして、路地裏から出ると、本物のタクシーを捕まえ、乗り込む。

運転手に自宅まで頼み、一息ついた。

うーん、変な奴らだったなー。

何がしたかったのかまったくわからん。しかし、アメリカのＡランクであったことは確かだ。

ネットにも載っていたし、あのスキル量とレベルはヤバかった。それにユニークスキル……

俺達がレアスキルと呼んでいる星マークが入ったスキルを所持していた。これはアメリカだろうが、日本だろうが、高ランカーは高確率で持っていると思った方がいいだろう。

それにしても、まさかあの割引券が罠だったとは……さすがはアメリカのエージェントだ。今度からは気を付けないと……

そこまで考えると、カバンからスマホを取り出した。

スマホを見ると、着信履歴が五十件ほどあった。もちろん、カエデちゃんとサツキさんである。なお、カエデちゃんが四十九件でサツキさんが一件だ。

うーん、ナナポンが報告したのか……あいつから見たら銃を持った外国人にさらわれるエレノアさんだもんなー。まあ、その通りなんだけどさ。

『先輩、今どこですか⁉　すぐに連絡をください！』

タクシーの中では電話できないと思い、メッセージアプリを開く。

メッセージを読むと、カエデちゃんが心配しているのがわかった。すぐにメッセージアプリに書き込み始める。

『大丈夫だよー。今、タクシーの中だから電話はできない。家に帰ったら電話するわー』

そう書いて送信し、スマホをカバンにしまおうとすると、すぐにスマホがピコーンと鳴った。

早っ！

『今、先輩の家の前です』

メリーさんかな？　十月とはいえ、寒いだろうに……合鍵を渡しておけばよかった。

「運転手さん、彼女が家の前で待ってるんで、法定速度なんか無視してください」

身を乗り出すと、運転手さんにお願いした。

「ダメです」

知ってた。

背もたれに背中を預けると、再び、メッセージアプリに書き込み始める。

『すぐ戻るから待ってて』

『五分で戻ってこい』

無理言うな……あの筋肉バカに品川まで連れてこられたんだよ。

しゃーないと思い、タクシーがアパートに到着するまで待つことにした。

しばらくタクシーに揺られていると、アパート前に到着したので運転手に料金を払い、タクシーから降りる。すると、俺の部屋の玄関前で立っていたカエデちゃんがすぐに小走りでやってきた。

冗談で両腕を広げて、抱きつき待ちをしたのだが、予想に反して、カエデちゃんが本当に抱きついてきた。

「何してんですか、あなたは……」

カエデちゃんが胸の中でつぶやく。

「ごめん、ごめん」

左手をカエデちゃんの腰に回し、右手を後頭部に持っていった。

「何があったんですか？」

「うーん、まあ、家で話そう。寒かったでしょ。お風呂に入る？」

「先輩の家のお風呂は嫌です」

そんなに汚くないと思うけどなー。

「まあ、いいや。おいで」

カエデちゃんを離し、手を掴んでそのまま家に連れ込む。ご近所さんの目が気になるからね。

カエデちゃんは手を引かれながら家に上がり込むと、キッチンを抜け、部屋まで大人しくついてきた。しかし、部屋に来ると手を離し、仁王立ちで俺を見上げてくる。

「で？　何があったんです？」

「まあまあ、座りなって」

仁王立ちしているカエデちゃんの両肩を押さえ、無理やり座らせる。カエデちゃんは不満そうな顔をするも、文句も言わずに座った。

「で？」

急かすなー……

「ナナポンは何て？」

「エレノアさんとタクシーに乗ろうとしたらタクシーに女性が乗っていることに気付いたそうです。それで不審に思っていたらエレノアさんがタクシーに乗り込み、女性がエレノアさんに銃を突きつけたって言ってましたね。それでエレノアさんを誘拐したって……」

　ほぼ合ってんな。それにしても、やっぱりナナポンはクレアに気付いていたんだな。スキルの透視だろう。

「まあ、それアメリカのエージェントだと。あの割引券は罠だったみたい」

「先輩のバカ！　そんなものに引っかからないでくださいよ！」

　カエデちゃんが言う？　確かに俺が渡した割引券だけど、タクシーを呼んだのはカエデちゃんじゃん。カエデちゃんだって疑問に思わなかったくせに……

「ごめん、ごめん。それよりもＡランクの冒険者らしいぞ。クレア・ウォーカーとハリー・ベーカーだってさ。知ってる？」

　俺は全然知らなかった。

「知ってます。超有名人ですね。オークションのために日本に来ているとは聞いていましたが、目的はエレノアさんですか……」

　超有名らしい。だから二人共、エレノアさんが知らないって言ったらへこんだのか……悪いことをしちゃったな。今度から他の冒険者も調べておこう。

「エレノアさんって他国から狙われてるらしいよ。護衛に来たんだって」

「護衛？　銃を突きつけてたって聞きましたけど？」

「アメリカンジョークじゃない？　弾は入ってなかったし」

「すごくつまんないジョークですね」

まあね。

「よくわかんないけど、話でも聞いてみようかなーと思って乗った」

「危ないですよ！　すぐに逃げてください！」

カエデちゃんが怒った。

「大丈夫だよー。どんなスキルを持とうが、あの距離なら俺の方が強い。瞬殺してやる」

「いや、この二人って元軍人ですよ？」

「関係あるか。車内では魔法はないし、俺の掌底かナイフの方が早い」

護身用にサバイバルナイフを買ったのだ。かっこいいやつ。

「あのー、先輩ってガチの人斬りさんです？　ナナカちゃんがあの人、スケルトン相手に無駄に首を刎ねるから怖いって言ってましたよ」

まあ、普通に断った方が楽だし、早い。

「いや、剣技を自慢しようと思っただけなんだけどな……」

「エレノアさんは格好がファンタジーっぽいからまだいいけど、沖田さんは引くって言ってました」

俺の冒険用の服もかなりファンタジーだと思うけどなー……

「まあ、いいや。今度からは気を付けよう」

「あのー、それで何を話されたんですか？」

「うーん、色々聞かれたねー。翻訳ポーションとか素性とか」

くだらない話が多かったな。俺の髪の色なんてどうでもいいだろ。

「その人達って信用できるんですか？」

「うーん、保留。あんまり交渉事が得意そうには見えなかったし、ステータスカードも見せてもらったからある程度は信用してもいいんじゃないかな？」

「み、見たんですか⁉　外国のAランクですよ⁉　下手をすると、国家機密です」

カエデちゃんが驚く。

「あいつら、ちょっと脅したらすぐに見せたぞ。でも、すごかったわ。二人共、レベルが50を超えてた」

「50⁉　そんな人を脅さないでくださいよ！」

「何をしたらあんなに上がるのかねー？　それにスキルも多かった。あ、あいつらレアスキル持ちだったぞ。ユニークスキルって呼んでたけど」

俺もスキルを増やそ。確か、フロンティアで筋トレをすると、攻撃力上昇がつくんだっけ？

「やっぱり持ってるんですね……それにしても、ユニークスキル……ということは被る人がいないってことですか……」

この場合、ユニークスキルは唯一のスキルという意味でいいだろう。詳しい意味はわからないが、ゲームなんかではそういう意味で使う。

「少なくとも、そういう名前にしたってことはそうなんだろう。つまり、俺の錬金術もナナポンの透視も持っている奴がいないって考えていい」

俺の錬金術はもちろんだが、ナナポンの透視がナナポンだけっていうのは良い。エレノアの正体を知るすべが減るし、カエデちゃんを覗こうとするバカもいないからだ。

「そうなりますか……その二人はどんなスキルでした？」

「ハリーが鋼糸でクレアが認識阻害だ。認識阻害は見た。鋼糸は見てないけど、アニメとかでよく見るやつだと思う。だから戦闘用だろうね。認識阻害はナナポンの透視で対処できる」

「……あの、その人ここにいませんよね？」

知らん。

「いたら殺してやる」

カエデちゃんと二人きりなんだぞ！　邪魔すんな！

「ナナカちゃんを呼びます？」

「いや、たとえつけてたとしても、俺は透明になってるし、撒いているはずだ」

「ですか……でも、怖いですね」

確かに……フロンティアにはナナポンを連れていけばいいが、それ以外が怖い。

「よし！　聞いてみるか！」

「誰に？」

「ハリー。カエデちゃん、ちょっと待ってて」

カバンを持って立ち上がり、部屋を出た。そして、洗面所に行き、服を脱いでＴＳポーションを飲む。すると、鏡に映る俺が沖田君からエレノアさんに変わった。

すぐに黒ローブを着込み、部屋に戻る。

「お待たせ！　ふっ」

俺は長い髪を払い、かっこつけた。

「先輩、以前から思ってましたが、絶対にミステリアスの意味をはき違えてます」

うっさい。

「さて、ハリーに聞いてみるかね……」

カエデちゃんの横に座ると、スマホを取り出す。

「連絡先を聞いたんですね」

「一応、護衛らしいし、何かあったら連絡しろってさ。あ、カエデちゃんは声を出すなよ」

巻き込みたくない。

「わかってますよ。脇腹をつついてもいいですか？」

「ダメ」

そういうのは沖田君にやってあげてよ。押し倒すから。

スマホに登録したハリーのアドレスを開くと、通話ボタンを押す。そして、スピーカーモードにすると、スマホから呼び出し音が響いた。

『もしもし？』

この声はハリーだ。

「はーい、ハリー。さっきぶり」

外国人っぽく軽快に挨拶をする。

『知らねー番号だと思ったが、やっぱりあんたか。早くないか？　何かあったのか？』

「大問題ね。クレアはそこにいる？」

『あいつはお前の所のギルドを見張っている』

確かにあのスキルだったら怪しまれずに見張れそうだ。

「あなたは？」

『ホテルで待機中。言われた通り、地理を勉強中だぜ』

そりゃ、ご苦労なことで。

「クレアがいないならちょうどいいわ」

『なんだ？　クレアに聞かせられない話か？』

「そういうわけではないけどね。問題っていうのはそのクレアのユニークスキルよ」

『認識阻害か？』

「それそれ。トイレとかお風呂とかを覗かれそうで怖い」

クレアも女性だけど。

『ははっ！　ねーよ。あいつにそんな趣味はねーし、あくまでも認識を阻害するだけだ。お前はあいつを一度認識してるし、注意していればわかる。あれは人間相手にはほぼ初見殺しだからな。まあ、普通の人間やモンスターには有効ってことだ』

気配や姿を完全に消すのではないわけか……じゃあ、問題ないな。

「それは良かった。隣にいるんじゃないかと思ったわ」

『そうしたいが、お前はすぐに消えるだろ。この前も路地裏に行ったなーと思って追っかけたらいなかった。ありゃ、何だ？』

透明化ポーションを飲んだだけ。

「私、幽霊なの」

『ははっ！　……マジ？』

ハリーの声のトーンが下がった。

「嘘よ。ばーい！　お仕事頑張りなさい」

そう言って、通話を切った。

「だってさ。問題ないわね」

スマホをカバンにしまい、カエデちゃんを見る。

「嘘の可能性は？」

「あの筋肉バカにそんな頭はないわよ。今だって、駆け引きゼロよ？」

最悪はポーションか何かを譲って、聞き出すつもりだった。なのに、普通に答えやがった。

「まあ、確かにそんな感じでしたね。じゃあ、ひとまずは安心？」

「だと思う。まあ、私が危険なことには変わりはないし、あんまり外には出ないわ。あ、沖田君に戻ってくる」

「あ、先輩、私はギルドに戻って、ギルマスに報告するんで帰ります」

腰を浮かせるとカエデちゃんが制して、立ち上がった。言われてみれば、ギルドの制服だ。

「えー……一緒に飲もうよー」

「……残業です」

あっ……

「ごめん。頑張って……」

「頑張ります。あ、そうそう。明後日、一緒に部屋を見に行きましょうよ。不動産屋から電話がありました」

おー！　同棲！

「いいね。じゃあ、明後日に行こう」

「はい！」

カエデちゃんはとてもかわいい笑顔で頷くと、家を出ていってしまった。

寂しい……沖田君に戻ろ。

◆◇◆

「――というわけで先輩は無事です」

沖田さんの家を見に行った朝倉さんはギルドに戻ってくると、エレノアさんが無事であるという報告をギルマスさんにした。

「ひとまずは良かった。しかし、沖田君はちょっと危機意識に欠けるな……」

　ギルマスさんはホッとしていたが、すぐに呆れる。

「自分の剣術に自信があるんだと思います。何せレベル５ですからね」

「ルーキーで５だからな……ちょっとありえんが、あいつそんなにすごいのか？」

「私は一緒に冒険をしていませんし、実際に見たことはないです。ただ、あの人昔は泥酔すると、人の家のテーブルを包丁で斬ろうとしたり、この電柱なら斬れるって言ってましたね」

　最低だ。人の家のテーブルを斬ろうとするなんて……ん？

人の家のテーブル？　ということは泥酔した男を家にあげたの？

　あわわ。大人の関係！　もしかしたら本当にセフレかもしれない。

「うーん、めっちゃ危ない男だな」

「まあ、自慢したかったんだと思います。先輩はそういうところがありますし」

「ふーん……なあ、ナナポン、あいつって冒険ではどんな感じだ？　実際に冒険に行っているのはお前だ」

　ギルマスさんが聞いてくるが、ナナポンはやめてほしい。でも、逆らえない。ぜーんぶ、沖田さんが悪い。

「すごいとは思います。見えないハイドスケルトンを普通に斬りますし、途中からは無駄に首を刎ね始めました」

　あれはちょっとやめてほしい。いくら骸骨と言えど、人型だ。無駄に想像してしまう。

「うーん、まあ、すごいのはわかった。自分の身は自分で守れるってことか……」

ギルマスさんが微妙な表情をしながら納得した。

「だと思います。フロンティアではナナカちゃんのスキルがありますし、外では透明化ポーションがありますので、ひとまずは大丈夫かと」

別に今さら文句を言うつもりもないけど、私も普通に頭数に入ってる……

「あいつはレベル２の回復ポーションも持ってるしな。まあ、大丈夫だろう。しかし、本当にクレア・ウォーカーとハリー・ベーカーか？」

ギルマスさんが再度、確認する。でも、ギルマスさんの気持ちもわかる。私もさっきの説明を聞いて、びっくりした。

クレア・ウォーカーとハリー・ベーカーと言えば、アメリカのＡランク冒険者の中で一位、二位を争うトップ冒険者だ。

「間違いないと思います。ステータスカードを見たと言っていましたし、スマホを使ってその場で顔を調べたそうです」

「じゃあ、間違いないか……有名だし、露出も多い二人だからな」

「ですね……そんな二人を平気で脅す先輩が怖いです」

私も怖い。色んな意味で怖い。私は本当に大丈夫なんだろうか？

「カエデ、お前はこっちにいる時のあいつを抑えろ。ナナポン、お前はフロンティアにいるあいつを抑えろ」

「わかってます」

朝倉さんが自信満々に頷く。

「私に抑えられるかなー……」

自信ない。

「大丈夫だ、ナナポン。あいつが無茶しそうになったら自分は自信がないと言え。あいつはあれでも二十六歳の大人だからお前に配慮する」

そういやそうだ。あの人、二十六歳か……精神的に幼すぎてそうは見えなかった。

「あの人、なんであんなに子供なんですかね？」

「冒険者はそんなものだ。まともな大人は普通の職に就く」

沖田さんを責めようとしたら私にもダメージが来た。

「やっぱりそうですよねー……」

私が冒険者をやろうと思ったのは楽にお小遣いが手に入ると思ったからだ……うん、子供。

まあ、この前、エレノアさんにとんでもないお小遣いをもらったけど。やっぱりエレノアさんは良い人だし、かっこいい。

「まあ、その分儲かるし、楽しいさ」

元Aランクの冒険者がうんうんと頷く。

「ですかねー。まあ、わかりました。エレノアさんと頑張ります！」

沖田さんとは嫌だけど、エレノアさんなら大丈夫！　かっこいいもん。

「そうしろ……さて、こうなったら私も動かねばならん」

ギルマスさんがそう言って、立ち上がった。

「おー！　ギルマス！　ついに仕事をしてくれますか！」

朝倉さんが喜んでいるのを見るに、この人、普段は仕事をしてないようだ。

「まあな。さすがにアメリカのAランクともなれば、本部長に話を聞かねばならん」

ん？

「それだけ？」

思わず、聞いてしまった。

「動くのは下の者だ。私は上に報告と下に指示する。これが責任者だ」

まだ大学生の私にはよくわからないけど、随分と楽そうですね。

「頑張ってください！」

朝倉さんがこれを聞いても嬉しそうなところを見ると、普段はこれ以下。つまり、マジで何もしていないんだ。

こういうところがエレノアさんと違って尊敬できないんだよなー……

「ん？　ナナポン、どうした？」

呆れていると、ギルマスさんが笑顔で聞いてくる。

「い、いえ、何でもないです！　お仕事、頑張ってください！」

「うむ。私は本部に行ってくるから、それを飲んだら適当に帰っていいぞ」

ギルマスさんはテーブルに置かれたコーヒーを指差しながらそう言うと、部屋から出ていってしまった。

「ナナカちゃん、先輩をお願いね」

二人っきりになると、朝倉さんが頼んでくる。

「あ、まあ、はい。頑張ります」

私って、あんまり仕事をしていないんだけどなー。ほぼ見てるだけ。

「あと、巻き込んでごめんね」

この人は良い人だ。すごく良い人だ。ナナポンって言わないし。難点は男の趣味が悪いこと。

「いえ、私も取り分がありますし……あれ、そういえば、朝倉さんの取り分は？」

ギルマスは手数料とかをいっぱいもらっているだろう。でも、この人は？

「私はないよ。受付してるだけだし」

いや、まあそうかもだけど。

「でも、危ない橋は渡ってますよね？」

「大丈夫。先輩のお金は私のお金だから」

……前言撤回。悪い人だ。ひどい女だ。

「あ、あの、沖田さんのことをどう思ってるんです」

「んー？　大学の先輩」

えー……

「同棲するって聞きましたけど？」

「ルームシェアだよ」

……一緒では？

恋愛経験もルームシェア経験もない私にはわからない。

「怖くないんですか？」

「なんで？」

「いや、だって、男の人と住むんですよね？　そ、その……ほら、ヤラれちゃったり」

「別にいいけど……」

えー……

「ビ、ビッチ……」

こんな可愛らしい顔をしてビッチすぎる。すごい大人だ。

「ビッチ言うなし。別に誰とでもじゃないよ。先輩なら良いってこと」

おや？

「好きなんですか？」

さっきは大学の先輩って言ってたじゃん。いや、好き嫌いには言及してないのか……

「普通にね」

「あのー、参考までに聞きますが、あの人のどこが良いんですか？」

話を聞く限り、良いところがない。あ、お金か！

「うーん、楽しい人だしねー。あとは……」

………………。

黙っちゃった……

それしかないのかな？　少なくない？

「やっぱりお金ですか？」

「いや、そこはどうでもいいかな。最悪はかわいそうだから私が食べさせてあげようって思ってたし。先輩も会社をクビになった直後は私のヒモになるって言ってた」

あの男、最低だな。私、あいつ嫌い。

「そ、そうなんですかー……あのー、お付き合いはしてないんですよね？」

「そういう話はしたことがないね」

ここがわからない。

「付き合わないんですか？」

「告白してきたらかなー。してくる気配はゼロだけどね」

「そうなんです？」

「するならプロポーズじゃない？　専業主婦にしてくれるって言ってたし。あ、子供も欲しいって言ってた」

意味がわからなくて頭が痛くなってきた。

よし！　関わらないようにしよう！

「そうですか……お幸せに！」

私の知らない世界だ。

「まあ、そうする。お金はあるし、一生遊んで暮らす」

勝手にどうぞ。あ、でも、私も一生遊べるお金を得られそうだ。エレノアさんと頑張ろう！

「良いですねー」

「でしょ？　でもさー、ナナカちゃん……ストーカーはやめなよ」

何のことやら……

私はこの人の言っている意味がさっぱりわからなかった。

◆◇◆

変な二人組にタクシーで攫われた翌日、ナナポンに今後の予定を確認するために電話をした。

その結果、ナナポンが今週は大学に行くと言うので、今週の冒険は休みとなった。

よく考えれば、あいつも大学生だから授業がある。

「あなた、授業をちゃんと受けてる？」

「テストはほぼ百点ですからね。休めるギリギリまでは休んでます」

これが昨日の電話での会話。なお、俺がエレノアさんなのはそういう要望があったためだ。

最初は沖田君が電話した。すると、すぐに『チェンジ！　エレノアさんで！』と言われ、電話を切られた。

電話だけでなく、メッセージでも沖田君がやると、これを言う。多分、俺あいつに嫌われている。ちょっとへこんだが、まあ、ちょっとだけ男性不信のナナポンだし、別にいっかと思った。

そういうわけでやることのない俺は朝からずっと暇している。

「一人で冒険に行こうかなー」

やることもないし、いいかもしれない。

「そうするか。カエデちゃんにも会えるし」

フロンティアに行くことに決めた俺は準備をし、家を出た。そして、池袋支部のギルドに着くと、受付に座るカエデちゃんのところに行く。

「おはー」

「おはー。昼過ぎですけど」

まあね。昼飯を食ってから来たし。

「暇だからフロンティアに行こうと思ってさ」

「あの子は？」

もちろん、ナナポンのことだろう。

「今週は大学だって。さすがに休めとは言えんし」

「それもそうですね。学業を優先すべきです」

「だな。そういうわけで一人で行ってくるわ」

「どこに行かれます？」

そうだなー……今は沖田君だし、別にクーナー遺跡でも問題ないだろうが……

「ちょっとダイアナ鉱山に行ってみるわ。カンテラを買ったし、試してみたい」

「大丈夫です？　ハイドスケルトンが出ますけど」

「大丈夫、大丈夫。ガッツリやるわけじゃないから」

儲けに行くわけではないし、暇つぶし程度だ。

「わかりました。気を付けてくださいね」

「うん。カエデちゃん、今日暇ー？」

飲みにいこうよ。

「暇じゃないですね。何しろ、明日は有休を取りましたから。今日中に終わらせておきたい仕事があるので残業します」

明日はカエデちゃんと新居を探しに行くことになっている。だからだろう。

「そっかー……じゃあ、仕方がないね」

「明日、終わったら飲みに行きましょうよ」

カエデちゃんが笑顔で誘ってくる。

「そうだね。そうしよっか」

「はい。では、これが先輩の刀です。いってらっしゃいませー」

笑顔のカエデちゃんが刀を渡してくれたので、それらを受け取り更衣室で着替え、ゲートに向かう。そして、ゲートをくぐると、ダイアナ鉱山に到着した。

「ん？」

ダイアナ鉱山に着くと、相変わらずの薄暗いところであり、人がいないんだろうなーと思って周囲を見渡す。すると、小屋の前のぼろっちいテーブルの前に一人の女性が立っているのが見えた。

その人は遠目に見ても誰だかすぐにわかる。何故なら、特徴的な体つきをしている女性だったからだ。

「三枝さんじゃん」

こんなところで何をしているんだろうと思い、近づいていく。すると、三枝さんの方も俺に気付き、こちらを見てきた。

「やあ、沖田君じゃないか。こんなところで会うなんて奇遇だね」

三枝さんが笑顔で声をかけてくる。

「こんにちは。本当に奇遇ですね。何をしているんです？」

「下見かな？　君の方は？」

「俺は普通に冒険ですよ。クーナー遺跡も飽きたんでここに来てみただけです」

「ここに？　いや、ここは儲からないうえにハイドスケルトンが厄介だぞ」

知ってる。

「調べましたし、聞いていますよ。見学みたいなものです」

来たことがあるということは言わない方がいいだろう。

「ふーん、そうか……まあ、君なら問題ないだろうけどね」

そうそう。俺、強いもん。

「三枝さんは下見って言ってましたけど、何の下見です？」

まさか、エレノアさんがここに来ていることがもうバレたんだろうか？

「私は自分のところのギルドの新人指導をしていてね。今度二人の新人の指導をするんだが、どこがいいかなーと思って」

新人指導か。Ａランクともなれば、そういう仕事もあるんだろう。

「ここはなくないです？」

ルーキーにハイドスケルトンはないだろう。まあ、俺もルーキーだけど。

「だねー。普通に考えればクーナー遺跡かエデンの森なんだけど、人が多いと面倒ごとも多いんだよ」

それはわからなくもない。この人は特にそうだろう。だって、美人だし、大きいし……

「沖田くーん？」

おーっと、マズい。変態と思われる。

「確かにここは人が少ないでしょうけど、ルーキーは無理でしょ」

視線がバレないようにすぐに顔を上げる。

「まあね。ここに来たのは一、二回しかなかったから久しぶりに確認がてらに来たんだよ。でも、やっぱりないね。ハイドスケルトンもだけど、この薄暗さが不気味だし」

「ですねー。正直、三枝さんがいてくれて良かったと思いますよ。ここを一人はきついです」

一人でここに来ていたナナポンはマジですげーわ。

「ホント、ホント。君はどうするの？　鉱山に行くのかい？」

「一応、行きますよ」

怖いからすぐに帰るけど。

「すごいね、君……私は帰ろうかな。あの子達にここは無理だろうし、私も嫌だ」

あの子達？　女子かな？

「だと思いますよ。俺もちょっと鉱山の中を見たらすぐに帰りますし」

「ん。じゃあ、私はここで帰るよ。またどこかで会えたらね」

三枝さんはそう言って、手を振ってゲートに向かっていく。

そんな三枝さんの後ろ姿を見送っていると、三枝さんがゲートをくぐって消えていったので鉱山の方に向かった。そして、鉱山に入ってカンテラを取り出し、灯りをつける。

「見えないことはないか……」

先の方は見えないが、周囲は十分に明るい。だが、やはり怖い。

「まあ、行ってみるか」

いつでも刀を抜けるようにしながら歩いていくと、カタカタという音が聞こえてきた。

音を聞いた俺は腰の刀の柄を握り、その場でじっと待つ。そして、十分な距離まで敵が近づいてくると、居合切りで見えない敵を斬った。

俺の剣に確かな感触が残り、目の前で煙が発生する。

「こんなもんか……」

剣を拾い、つぶやいた。

ハイドスケルトンは完全にコツを掴んだな。もう敵ではないだろう。

その後も歩き、三匹のハイドスケルトンを狩ったところで立ち止まる。

「しかし、やっぱり怖いわ……もう帰ろうかな」

ここは一人で来るところではないだろう。それにやはり一人はつまらない。ちょっと生意気だが、よく話しかけてくるナナポンがいてくれた方がずっと楽しい。

もう帰ろうと思い、来た道を引き返していく。

「えーっと、こっちか」

道が分かれていたので確かこっちだろうと思い、右に曲がる。

「あれ？」

おかしい……また分かれ道だ。来た時はこんな感じではなかった気がする。

道を間違えたと思い、引き返す。そして、今度は違う方の道に進んでいった。しかし、またもや見たことのない分かれ道が見えてくる。

「あれー？　おかしいなー……まあ、こっちだろ」

多分、合ってると思う。

さらにそのまま進んでいくと、今度は行き止まりだった。

「違うか。変だなー……」

まあ、適当に行けば、出られるだろう。

来た道を引き返し、違う道を進んでいくと、前方に明かりが見えてきた。

「お、見えた、見えた」

そして、鉱山を出ることができた。

「ふう……迷子になるところだったわ」

やっぱりナナポンと来た方がいいな。

そう思い、頷くとゲートの方に歩いていき、ギルドに帰ることにした。

ゲートをくぐり、ギルドに戻って、カエデちゃんのもとに行く。

「ただいまー」

「あ、おかえりなさい。早かったですね」

「まあねー。やっぱり一人はきついわ。途中で道がわからなくなっちゃったし」

「はい？」

カエデちゃんが首を傾げる。

「いやさー、鉱山の奥に行ったら帰り道がわからなくなっちゃった」

「……奥に行った？　一人で？」

「うん」

「あなたはバカですか？」

ううん……

「ちょっとわからなくなっただけだよ。適当に進んでたら戻れたし」

「適当⁉　目印とかは⁉」

「別に……」

目印という手があったか……

「先輩、今後、あなたが一人でダイアナ鉱山に行くことを禁止します」

カエデちゃんがきっぱりと宣言する。

「いや、もう行かないよ。あそこを一人は怖い。薄暗いし」

「怖いのはあなたの頭と危機管理の無さです。先輩が強いのはわかりましたが、さすがにシャレになりません。あそこの奥は落盤の危険性もある危ないところなんですよ。適当に進んで奥が危ないところだったらどうするんですか？」

うん……三枝さんについてきてもらえばよかったな。

「今度からナナポンと行くよ」

「そうしてください。もしくは、クーナー遺跡です」

はーい……

エレノアさんの姿にならないといけないが、仕方がない。カエデちゃんだって心配してくれて怒っているんだろうし。

「わかったー」

「はい。じゃあ、精算しますね」

カエデちゃんに精算してもらうと、明日の予定を少し話し、帰ることにする。

家に帰り、今日のことを反省しつつ、冒険のいろはについて調べ始めた。さらには昨日の二人を始め、海外の冒険者や冒険事情についても調べていく。

海外にも冒険者ギルドがあり、日本と同様にそこからゲートをくぐり、フロンティアに向かう。そして、各国ごとに行けるフロンティアの場所は異なっている。

フロンティアは本当に色々な土地があり、砂漠もあれば海岸もあるらしい。日本を含めた世界各国が借りている土地の面積は相当な広さのようで、フロンティアはかなり大きい惑星と想定されているようだ。もしくは、フロンティア人の人口が少ない。

真偽は不明だが、色々な予想がされており、見ていると時間を忘れてしまう。俺が子供の頃に学校で習ったことよりもかなり詳しくなっていたのだ。

「うーん、しかし、スキルの習得情報は微妙だなー……」

俺とナナポンはユニークスキルを除けば、スキルを一つしか持っていない。俺が剣術でナナポンが火魔法だ。

俺達のレベルが低いのもあるだろうが、昨日の二人と比べると、随分と少ない。さらに言えば、以前、池袋支部に所属している全員のステータスカードを見ているが、俺らと変わらないくらいのレベルでもスキルを三、四つ持っている冒険者もいた。

「今度、ナナポンとやってみるか……」

ネットで調べたスキル獲得方法をメモすることにした。今度の冒険でスキルを獲得できるのかを検証しようと思う。

この日はそういう調べ物などで一日が終わり、ドキドキしながら布団で横になった。何故なら、翌日はカエデちゃんと新居を探しにいくというデートだからだ。

そして、翌日、昼前になると、準備をし、家を出る。電車で待ち合わせの練馬駅まで行くと、カエデちゃんがすでに待っていた。

「お待たせー。遅れてごめんね」

カエデちゃんに近づくと、先に来てなかったことを謝る。

「いえいえ。全然待ってませんし、先輩は遠いから仕方がないですよ」

カエデちゃんはまったく気にしてないようで、笑顔で手を横に振った。

「そう？　じゃあ、行こうか」

カエデちゃんにそう言って、一緒に駅を出てカエデちゃんのおすすめの店に行き、ランチを食べる。そして、いい時間となったため、不動産屋に向かった。

不動産屋に行くと、この前来た時に対応してくれた人が待っていた。俺とカエデちゃんはその人が探してくれた物件についての説明を聞く。

「以前はなかったんですが、急遽、キャンセルが出ましてね。こちらならお客様の希望に適うかと思います」

店員さんがそう言って見せてくれたのは三階建てのマンションだった。ほぼ新築の２ＬＤＫであり、写真を見る限り綺麗だし、立地も悪くない。家賃は俺の社会人時代の月給が軽く消し飛ぶ値段だが、今は問題ない。

「カエデちゃん、俺は悪くないと思うよ。部屋も広いし」

というか、俺が今住んでいるところと比べると、天と地だ。

「そうですね。あのー、実際に見ることはできます？」

カエデちゃんが店員さんに聞く。

「ええ、大丈夫ですよ。ここから近いですし、今から行きましょうか」

「お願いします」

「わかりました。少々お待ちください」

店員さんは立ち上がり、奥に引っ込んでいく。そして、すぐに戻ってきたので不動産屋を出て、マンションに向かった。道中、説明を聞いたり、雑談をしながら歩いていると、五分程度でマンションに到着した。

俺達は三階の部屋に入ると、カエデちゃんと二人で部屋の間取りを見ていく。部屋は俺達が希望した２ＬＤＫであり、六畳程度の部屋が二部屋と広いリビングがあった。

俺達は各部屋やリビング、キッチン、お風呂等々を見ていく。

「どう？」

一つの部屋の中でクローゼットを見ているカエデちゃんに聞いてみた。

「すごいですね。綺麗だし、私では絶対に住めない部屋です」

カエデちゃんの給料もかなり良いんだろうが、さすがにこのレベルは無理だろう。

「俺は良いと思う。二人ってことを考えれば広すぎず、狭すぎずってところ。それに去年できただけあって、やっぱり綺麗だわ」

「ですよね。立地もいいし、日当たりもいい。ここにします？　もう少し、探してみても良いとは思いますけど」

違う不動産屋に行く手もある。

「うーん、俺は早く引っ越したいかな。寒い冬をあそこで過ごしたくない」

別に隙間風があるというわけではないが、なんとなく寒い。今年の冬はカエデちゃんと温かく過ごしたい。

「そうですねー。先輩の病んだ心を癒すためには早い方が良さそうです。ここにしますか……」

病んだ心はだいぶ癒えたけどね。やっぱり金とカエデちゃんのおかげ。

「そうしようぜ。ぶっちゃけ、後でどうしても嫌なことがあれば、また考えればいいし」

これが大富豪だ！

「まあ、そうですね。じゃあ、ここにしましょう。ちょっと店員さんに聞いてみます」

カエデちゃんはそう言って、店員さんがいるリビングに向かったため、俺もついていった。

「あのー、ここに決めようかと思うんですけど、いつから住めます？」

カエデちゃんがリビングで待っていた店員さんに聞く。

「空きなんで、いつでも大丈夫ですよ」

「じゃあ、ここにします」

「わかりました。では、戻りましょうか」

俺達はマンションを出て、不動産屋に戻り、詳しい説明を受け、契約した。

説明と契約を終え、不動産屋をあとにすると、カエデちゃんと家具を見にいった。

まるで新婚みたいで楽しかったが、ほぼカエデちゃんに丸投げした。そして、じっくりと家具やらなんやらを選定しているカエデちゃんを見ていたら、いい時間になったため、カエデちゃんと飲みにいくことにする。

俺達はカエデちゃんのおすすめの個室がある居酒屋に行き、飲み始めた。

「ここ、美味しいね」

酒の味はわからんが、料理が美味い。

「でしょー。家からも近いし、最近は来てませんが、以前は友達とよく来てました」

ほうほう。カエデちゃん家はここから近いのか。

「じゃあ、いっぱい飲んで潰れてもいいよ。送っていくから」

「いや、明日も仕事なんでそこまでは飲みませんよ」

そりゃそうか。今日は有休で休みだけど、明日は仕事に出るよね。

「大変だねー」

「まあ、楽な仕事ですけどね。先輩が来ないと座ってるだけですもん」

そういえば、全然、客がいねーもんな。

「いつもあんな感じ？　エレノアさんの影響で増えたりしないの？」

「あー、他所からの移籍の申請が殺到したんで制限がかかりましたね。元々、所属している人達もたまに昼に来られるケースも増えましたが、それでも少ないです」

　エレノアさんって人気だなー。

「新規とかは？」

　俺に影響された女子とかいないの？

「新規も同様に制限がかけられています。だって、この状況で冒険者になろうと思ってウチに来る人なんて怪しすぎます。ミーハーならまだしも外国に雇われた刺客かもしれないじゃないですか。なので、徹底した調査をしていますし、数自体も抑えています」

　それもあるのか……仲良くなった女子のハニトラやいきなり後ろからブスッもありえるんだな。今度からは後ろも気を付けておこう。

「ふーん、でも、それだと退屈じゃない？」

　座っているだけだと時間が経つのが遅そう。

「正直、そうですね。まあ、最近はオークションのことだったりとやることはあるんで」

　そういや、オークションが来週開催される。楽しみだな。

「高く売れるといいなー」

「ですねー。また、最終日に一緒に見ましょうよ」

「だね。どこにする？　新居？」

新居はいつでも住める。家具も何もないけど。

「うーん、新居はまだ何もないですしねー。先輩の家にしますか」

カエデちゃんは頑なに自分の家に招いてくれないなー。もう包丁でテーブルを斬るつもりはないのに。

「まあいいけどね。引っ越しの準備もほとんどないし」

「先輩の家は物がほとんどないですしねー」

「だね。それにアイテム袋に全部入れればいいから」

「先輩は無限に作れますからね。家具や家電の処分等を考えなくてもいいのは本当にありがたいです」

新居に住む際、それらを一新することに決めている。俺達が個人的に持っている物は全部、アイテム袋に入れておく予定。

「カエデちゃんの百キロで足りる？　そういうのを入れる用に作ろうか？」

「あー、そうですね。ベッドは今の使ってるやつを使う予定ですが、冷蔵庫や洗濯機なんかを入れておきたいです」

「了解。じゃあ、千キロを作っておくよ」

一トンも入れられれば十分だろ。

「すごいですねー。予想落札額が七億から八億と予想されている物をポンと作るんですから」

「所詮は輪ゴムが千個だからね」

「勝ち組ですねー。よっ！　フィクサー！」

「わはは！」

最初に俺が自分で言ったんだけど、ホントにフィクサーって何だろうね？　多分、全然意味が違う気がする。

「先輩は明日以降はどうされるんです？　ナナカちゃんは大学ですよね？」

「だね。明日はエレノアさんが本部に呼ばれている」

「本部？　あー、例のレベル２の回復ポーションですか」

「そうそう。サツキさんが本部長と交渉してこいだって」

昨日の夜に電話があった。レベル２の回復ポーションは池袋支部では需要がないため、本部で交渉した方が良いらしい。

「先輩！　レベル２の回復ポーションの相場は三百万円ですけど、四百万、五百万で交渉ですよ！　ホントに希少なんです！」

「それ、サツキさんにも言われたわ」

めっちゃ高いなって思ったが、Ａランクはそれでも買うらしい。それほどまでに供給が少ないようだ。

「儲けましょう！　オークションの成功と共に新居でパーティーです！」

「だねー。高いワインでも買うか」

「先輩、ワインを飲むんです？」

「飲まないね。でも、お祝いだから」

こういう場合はなんとなくワインな気がする。

「まあ、何でもいいですしね」

「そうそう」

二人でも盛り上がれれば何でもいい。

「よーし！　飲むぞー。あ、先輩、おかわりいります？」

「いるいる」

「じゃあ、頼みまーす。先輩もやきとりの数を数えなくなりましたねー」

……見ないようにしてただけだよ。カエデちゃん、マジで嫌そうなんだもん。


カエデちゃんと飲んだ日は九時前には別れ、家に帰った。

そして翌日、俺は昼前に起き、朝食のおにぎりを食べ、出かける準備を開始する。今日はギルド本部で回復ポーションの交渉のため、当然エレノアさんで行く。

服を脱ぎ、ＴＳポーションを飲むと黒ローブを着込み、カラコンを付けた。そして、カバンに百個のレベル2回復ポーションがあることを確認して、家を出る。いつものように適当なところで透明化を解くと、タクシーに乗り、ギルド本部を目指した。

タクシーに乗り、しばらくするとタクシーがとあるビルの前で止まる。ビルの入口の横にはギルド本部と書かれた石看板があるため、ここがギルド本部なのだろう。

運転手に料金を払い、タクシーから降りてビルの中に入った。ビルの中は他の支部とは違い、受付が一つしかない。というか、普通の会社みたいだ。

一つしかない受付に向かうと、勝手がよくわからないので受付嬢に声をかけることにした。

「こんにちは。本部長に会うように言われているんだけど」

「いらっしゃいませ。恐れ入りますが、お名前をおねがいします」

自分で言うのもなんだが、この受付嬢だって有名なエレノアさんを知っているのだろうが、一応の確認だろう。

「エレノア・オーシャンよ」

「はい。少々お待ちください」

受付嬢はパソコンをカタカタと動かし、確認をしだした。

「君、こっちだよ」

パソコンを操作している受付嬢を見ていたら、左から声が聞こえてくる。声がしてきた方を見ると、そこには四十代くらいのメガネをかけたおっさんが俺を見ていた。

「どちら様？」

この人を見たことがなかったので聞いてみる。

「君が回復ポーションを売りに来たエレノア・オーシャンだろう？　私が担当することになっている」

そうなの？

「この人が本部長さん？」

受付嬢に聞く。

「い、いえ」

違うようだ。

「私は本部長さんに会うように言われているんだけど？」

「そんなのは関係ない。こっちはもっと上からの指示でここにいるんだ。私も暇ではないので早くしてほしい」

いや、知るか。あと、俺、客だぞ。なんでそんなに偉そうなんだよ。

「まあ、何でもいいですけど」

俺的にはポーションが売れれば何でもいい。ギルドのごたごたはどうでもいいのだ。

「こっちだ」

おっさんはそれだけ言って、近くの部屋に入っていった。

「そういうわけらしいから行ってくるわ。本部長はキャンセルね。あ、私のせいではないわよ」

受付嬢にそう告げると、状況がわかってないっぽい受付嬢を放っておいて部屋に向かう。そのまま部屋に入ると、部屋の中にさっきのメガネのおっさんと初老の爺さんが並んでソファーに座っていた。

いや、誰？　この人が本部長……なわけないな。

「座りたまえ」

さっきのおっさんにそう言われたため、俺は二人の対面のソファーに腰かけた。

「早速だが、回復ポーションを出せ」

俺が腰かけると、すぐに爺さんの方が手を出してくる。

「いきなりねー」

挨拶もなしかい。というか、お前らは誰だよ。

「いいから出せ」

「なんで？」

「偽物かもしれん」

失礼な。

「あなた達は鑑定持ち？」

「なくても飲んでみればわかる」

は？　飲む？

「いくら出すの？」

「いくら？　そんなもんは後だ」

バカ？

「値段交渉もなしにお渡しできません。というか、あなた達は誰よ？　本部の人？　自己紹介くらいしなさいよ」

「き、君、進藤先生に失礼だろ！」

メガネのおっさんが慌てて怒鳴ってきた。

「いや、誰よ。私がギルドの人なんか知るわけないじゃない」

バカか？

「私は衆議院議員の進藤だ」

あ、バカは俺だった。先生って言われたし、国会議員だわ。でも、知らね。

「そう……それはごめんなさい。私が無知でした。でも、その進藤先生が何故ここに？　私は回復ポーションをギルド本部に売りに来たんですけど」

「ギルドに売るのはなしだ。私が懇意にしている会社に売れ」

えー……もう怪しい雰囲気しか感じないんだけど。絶対に真っ黒な会社でしょ。

「私としては売れるのならば、どこでも構いませんね。おいくらで？」

「百万だ」

メガネのおっさんが自信満々に金額を言った。

「レベル１の回復ポーションですか？」

まさか、ね。

「君はレベル２の回復ポーションを売りに来たんだろう？　もちろん、それだ」

マジで言ってる？

「レベル２の回復ポーションの相場は三百万円と聞いていますが？　かなり安くなっていますね」

「君みたいな怪しい魔女から買うんだから仕方がないだろう。信用もないし、当然だ」

めっちゃ失礼なおっさんだな、おい！

「申し訳ございませんが、百万円ではお売りできません。さすがに相場を下回られると困ります」

少しくらいなら下回ってもいいけど、さすがに百万はない。限度ってものがある。それだったらレベル1の方を五十万でサツキさんに売るわ。

「どうせ無尽蔵に持っているんだろう。いいから早く出せ」

このおっさん、ちょームカつくんですけどー。

「野中君、落ち着きなさい」

進藤先生が野中という名前らしいメガネのおっさんを制した。

「しかし……」

「いいから、いいから。エレノア君、君はこの国の人間ではないね？　不法滞在だ。だが、私が警察やらギルドなんかに手を回しているから特に問題が起きていない。つまり、私の指先一つで君をどうにでもできるわけだ」

あっそ。

「そうですか。それはありがとうございます。でも、お売りできませんね」

「何故だね？　君はポーションを作れるのだろう？　もしくは、フロンティア人から仕入れることができるのだろう？　百万でも十分に収益が出る」

「おっしゃっている意味がまったくわかりません。私はスライムからドロップしただけです」

錬金術でポーションを作るなんてありえないでしょ。何を言っているんだか。

「そうかね。言っておくが、君はギルドにレベル2の回復ポーションを売ることはできんぞ。私が止める」

この人って国会議員の中でもお偉いさんなのかな？　でも、俺は知らんぞ。

「さようですか。ならば仕方がありません。元より、そこまで在庫があるわけではないですし、諦めます」

レベル2の回復ポーションはいいや。レベル1の回復ポーションとアイテム袋で儲けよう。要は遊んで暮らせる金が入ればいいわけだから、レベル1の回復ポーションやアイテム袋で儲ければいいだけだ。

「在庫がない？　いくつあるのかね？」

「五個ですかねー」

嘘！　今日は百個しか持ってきてないけど、ホントは五百個ある！　原価も安いし、作るのって、楽しいんだよ。

「五十個ほど用意しなさい。それなら百五十万で買おう」

バーカ！

「いいえ、そんな数は到底、無理です。どうやら話にならないようなので失礼します」

時間の無駄だと思い、立ち上がった。

「いいのかね？　君を拘束することになるが……」

　つまらない脅しだわ。

「拘束？　私を？　あなたが？　へー……」

　笑いながら進藤先生を見る。

「本気だぞ？」

「ふふっ。やってみなさい。皆殺しにしてあげるわ」

　魔女だぞー。食べちゃうぞー。

「我が国を敵に回す気か？」

「あなたのせいでね。そうねー……私の魔法でこの国のゲートを閉じて差し上げましょうか？」

　当たり前だが、そんなことはできない。エレノアさんはナナポンが使える火魔法すら使えない剣士なのだ。

「……貴様、フロンティア人か」

「いいえ。違います。ただの魔女です」

「……………」

　進藤先生が黙ってしまった。

「クスクス。私はどちらでもいいわ。では、ごきげんよう」

「お、おい、君！　ちょっと待て！」

　退室しようと思い、立ち上がると、野中とかいう男が俺を止めてくる。

「なあに？　まだ何かあるの？　交渉は決裂したでしょ。もしかして、ゲートを閉じるだけでは足りない？　カエルにでもなりたいのかしら？」

「お、脅しか？」

　何を今さら……

「脅したのはあなた達でしょ？　私は聞いただけ」

「…………」

　野中も進藤先生と同様に黙ってしまった。まあ、野中の方は顔が青白いが……

「もう話はない？　じゃあ、あなた達は私にケンカを売ったことの言い訳でも考えてなさいよ。ばーい」

　二人に笑顔で手を振り、部屋を出て、さっきの受付嬢のもとに向かう。

「あ……」

　受付嬢は近づいてきた俺に気付き、声をあげた。

「どうも。さっきの人に売っちゃダメって言われたからレベル２の回復ポーションは売らないことにしたわ。本部長さんにそう伝えてくれる？」

　しゃーない。買い叩かれてまで売る気はない。というか、ムカつくし。

「え？　え？」

　受付嬢は状況を把握できておらず、混乱している。

「返事は？」

「あ、はい。わかりました」

言質は取ったと。

「結構。では、さようなら」

さっさとビルを出ると、タクシーを探す。すると、タイミングよく、タクシーがビルの前に止まった。

迷わず、タクシーに乗り込む。

「最近のタクシーはいいわね。呼んでないのに来る。しかも、隣に女の子までつけるなんてね」

女の子って歳じゃないだろうけど。

「ウチはサービスが良いんだ？　で？　どこまで？」

「ちゃんと地理を覚えてきたんでしょうね？　ハリー」

「もちろんだぜ」

そのタクシーにはどっかの国のＡランク冒険者が二人も乗っていた。

第三章 —— Chapter 3

レベル2の回復ポーションの交渉が決裂して帰ろうとしたところで、またもや誘拐されてしまった。

「今週、二回も誘拐されちゃったわ」

「いや、一回目は否定できんが、今回は自分で乗ってきただろ」

まあね。

「ハァ……つまんないわー。ハリー、適当なお店に向かってちょうだい。奢ってあげるから」

「俺、ラーメンが食いたいな。日本のラーメンって美味いんだろ？」

海外のラーメンを知らんわ。

「それでいいわ。ニンニクマシマシでも頼みなさい。私は普通のやつにする」

今日はおにぎりしか食べていないし、ラーメンくらいなら食べられる。

「ラーメン屋ってどこだ？」

「そこら中にあるわよ。行きたいところを自分で探しなさい」

「そうするか」

ハリーは運転しながらスマホを操作するという警察にケンカを売る行為を始めた。

「ねえ、あなた達って暇なの？　もしかして、ずっと私をつけてた？」

隣に座っているクレアに聞く。

「いや、今回は偶然ね。本部に用があったんだけど、そうしたら偶然、あなたが本部に入っていった。だから慌ててタクシーを取りに戻ったのよ」

別にタクシーじゃなくてもいいじゃん。普通に声をかけろよ。

「まあいいわ。何か用？」

「今日は殺気を向けないのね？」

「その価値すらないわ」

だって、もうステータスカードを見たし。

「そ、そう？　なめられたものね」

「この距離で銃を頼るようではねー……ホントに軍人？」

飛び道具はある程度の距離がないとねー……

「銃は脅しにいいのよ」

「なるほど。確かに」

ビビるわ。特に銃が禁止なこの国ではそうだろう。

「でしょ？　まあ、どういう反応をするかの確認だったのよ。こちらとしては別に攻撃する意思はないしね」

嫌な心理テスト……

「そうしてちょうだい。で？」

用事があったんだろ？

「質問、いいかしら？」

「どうぞ」

「あなたは本当に何者？」

またその質問……

「黄金の魔女、エレノア・オーシャン。それ以上でもそれ以下でもない」

魔法が使えない魔女でーす。というか、この前も言っただろ。

「あのアイテム袋は何？　千キロなんて馬鹿げている」

「便利でいいじゃない？　まあ、千キロも入れることがないから持て余しているけどね」

そう言って、持っているカバンを叩いた。

「それも千キロかよ……」

ハリーがバックミラー越しにチラッとこちらを見ながらつぶやく。

「女子同士の会話に入ってこない。あんたは男子らしくラーメン屋を探しなさい」

「なあ、塩と醤油と味噌と豚骨で悩んでんだけど」

ほぼ全部じゃねーか！

「今日は醤油にしなさい。別の日に一人で店巡りでもしてよ。どうせ暇なんでしょ」

「そうするか」

ハリーがラーメン屋の検索に戻った。

「ねえ、売ってくれない？」

ハリーが黙ると、クレアが聞いてくる。

「売ってるわよ。オークションに参加しなさい」

「思ったより、敵が多そうなのよね」

「そうなんだ。それは良いことを聞いた。儲かりそう」

これは高く売れそうだ。やったぜ。

「落札できるか不安なのよね」

「じゃあ、ダメだったら次も出してあげるわ。それまでにお金を貯めなさい」

「次……ねえ、二千キロは持ってる？」

「二千？　欲張りねー。持ってないわよ」

輪ゴムを二千個も入れるの？　めんどい。

「他に何を売る気？」

他か……やっぱりレシピを増やさないとな。ずっと同じ商品だとインパクトに欠けてしまう。ミステリアス路線でいくためには大事なことだ。

「決めてない」

「ドロップ品じゃないの？」

「何をドロップするかを決めてない」

でも、落とすのはスライム君です。

「本部には何の用だったの?」

「ポーションを売ろうと思ったんだけどね」

「ポーション? この前の翻訳ポーションかしら?」

「いや、回復ポーションね」

俺が回復ポーションと言った瞬間、クレアの雰囲気が変わった。

「交渉はどうだった?」

「話になんない。なんか議員さんが出てきたんだけど、すごく安い額だったわ。しかも、脅されるし……最悪」

「どうりでご機嫌斜めなわけね」

すげームカつくわ。

「やっぱりオークションがいいかも……」

サツキさんも言ってたし、そっちにするかなー。

「そんなことをするより、私に売ってちょうだい。私は商売もやっているのよ」

商売? 冒険者の副業かな? まあ、俺もやってるし、そういうのもあるか。

「回復ポーションだけど、買う?」

「日本の相場は日本円で五十万だったかしら?」

「レベル1でいいんだ」

今、レベル1なら四百個くらいの在庫があったはず。

「ちょっと待って！　レベル２以上もあるの⁉」

クレアが驚いたように聞いてきた。

「レベル２の交渉だったのよ」

「ちなみに聞くわ。いくらって提示されたの？」

「百万円だって」

百五十とも言われたけど、論外に変わりはない。

「は？　レベル２の回復ポーションが？」

クレアが唖然とする。

「そうね」

「バカじゃない？」

クレアが鼻で笑った。

「そう思う。どうせ、差額が議員さんの懐に入るんじゃない？」

知らないけど。

「さすがにひどいわね。私なら唾を吐きかけるわ」

きったね。

「そこまではしないけど、捕まえるぞって脅されたからゲートを閉じてやるぞって逆に脅して帰ってきたわ」

冷静を取り繕うとしてたけど、目に見えて動揺してた。汗がすごかったし。ざまあ。

「え？　できるの？」

「できるわけないじゃない。適当に言ったの」

「あなたが言ったら効果てきめんでしょうね」

「でしょ？」

謎の魔女だもん。世間では私が本当にフロンティア人と信じている者もいる。

「それで決裂、ね……」

「そうそう。それで？　買う？」

「いくらよ？」

「うーん、じゃあ、五百万円」

カエデちゃんとサツキさんがそう言ってた。

「高いわよ。個人で使うならそれくらいは出すけど、転売なら元が取れない」

そうなの？

「じゃあいいわ。別に売らなくてもいいし」

以前のようにすぐに金が欲しいわけではない。

「ま、待ちなさい！　じゃあ、四百五十万出しましょう！」

四百五十万？　相場が三百万と考えると、かなり良いとは思う。

「そうねー……今なら受け渡し用に百キロのアイテム袋を付けようと思っているんだけど？」

持ち運びが面倒だろうし。

「百キロ……そのレベル2の回復ポーションはいくつ売ってくれるの？」

「今は百個しか持ってないわね」

「……いいでしょう。あなたの言い値の五百万出すわ」

百個の回復ポーションが五億で売れる……百キロのアイテム袋が五千二百万だったからだいたい差し引きで回復ポーションが一個当たり四百五十万ということになる。カエデちゃんも四百万、五百万の交渉って言ってたし、このあたりだろう
「いいでしょう」

「ふう……良い交渉ができて良かったわ」

この反応を見るにこれでも元手が取れるんだな。まあ、商売人か……

「でも、あなた、アイテム袋のオークションに参加するのに五億も出すつもり？」

「……今じゃなくてもいい？　正式な契約はオークションの後」

まあ、今すぐお金が欲しいわけじゃないからそれでもいっか。

「いいわよ」

「それとさ、できたら他のところには売らないでちょうだい」

「なんで？」

「あなたが何千個も市場に出したら価値が暴落するかもしれないじゃない。そうしたら私は破産よ」

あー、そうなることもあるのか。

「レベル2の回復ポーションだけでいい？」

「ええ。他は関係ない」

「個人で売る分には？　ほら、友人に数個売るって感じ」

「それはいいわよ。お店とかギルドに大量に卸すなってことだから……あなた、友達っているの？」

……………。

「ギルドに言って、あなたはオークションに参加できないようにするわ」

「ごめんなさい」

ケッ！　俺にはカエデちゃんがいるわい！

「話は終わったか？　なあ、エレノア、この店でいいか？」

ハリーがスマホを見せてくる。

「知らないわよ。そこでいいわ。行きましょう」

ラーメン屋が都内にいくつあると思ってんだ。

「ねえ、ハリー、本当にこのメンツでラーメン屋に行くの？　日本に来たら寿司、天ぷらじゃないの？」

クレアはちょっと嫌そうだ。

「そんなもんはアメリカでも食えるだろ。アレックスが日本に来たらラーメンを食えって言ってたんだよ。世界が変わるってよ」

アレックスって誰だよ。

「ふーん、グルメのアレックスが言うならそうかもね」

ラーメン好きのグルメ？　そいつ、大丈夫か？

そうこうしていると、タクシーが止まった。

「ここだぜ。地理を覚えて良かったぜ」

窓から外を見ると、確かにラーメン屋がある。でも、結構な人が並んでいた。

「私、並んで待つのは嫌よ」

「私も」

外国人のこいつらもだが、俺の格好は目立ちすぎる。

「任せとけって。外国人の必殺技を見せてやるぜ」

ハリーがそう言って、車を降りたため、俺とクレアも顔を見合わせながら車から降りる。すると、ハリーは並んでいる最後尾に向かった。

「なあ、兄ちゃん、俺はこれから仕事もあるし、日本に来れる機会はそれほどない。でも、どうしてもこの店のラーメンを食いたいんだ。譲ってくれねーか？」

ハリー……必殺技ってそれかい……

「国の恥ね」

クレアも呆れた。

「あ、はい。どうぞ。あの、ハリーさんですよね。握手してもらってもいいですか？」

並んでいた学生っぽい男子がハリーにお願いする。

「おー！　俺を知っててくれたか！」

ハリーはそう言って、男子と肩を組み、握手をした。

「もちろんですよ！」

すると、並んでいる人もハリーに注目し始める。

「嫌だわー」

「ねえ、エレノア、私達は別のところに行かない？　私はやっぱり寿司か天ぷらがいい」

ナイスアイディーア！

「あ、おい！　クレア、エレノア！　お前らも握手くらいはしてやれよ」

こっちに振んな！　帰ろうとしてんのに！

だが、時すでに遅し、並んでいる人が一斉にこっちを見てきた。

「あいつ、最悪」

「ホントね」

こうなったら行くしかない。

俺とクレアはお互いに嫌そうな顔をして、ハリーのもとに行くことにした。

「ハリー、あなた、そういうことはやめなさい。迷惑でしょ」

クレアがハリーに苦言を呈する。

「いいじゃねーか！　なあ？」

　ハリーがいまだに肩を組んでいる青年に聞く。

「あ、そうですね。僕は急いでないですし、光栄です」

　……こいつらって、マジで有名だったんだな。

「見たか、エレノア。これが普通だ。普通は俺らを知っている」

　こいつ、地味に根に持ってるし。

「ごめんなさいね。知らなくて。私、外国のことに疎いの」

　自意識過剰男め！

「……ハリー、私にもダメージが来るからやめなさい……それとごめんなさいね」

　クレアがハリーを止めると、譲ってくれた青年に謝った。

「い、いえ、クレアさんですよね？　握手してもらえませんか？」

　クレアはそう頼まれると、快く握手をした。さすがはアメリカで人気の有名人だ。こういうのにも慣れているっぽい。

「あ、ありがとうございます……」

　青年はクレアに感謝すると、俺を見てくる。

「……何よ？」

「あ、いえ、すみません」

　俺を見ていた青年は謝りながら、そっと目を逸らした。

「そらねーぜ。せっかく譲ってくれるってのによ」

「私はそこまでしてこのラーメン屋に行きたくもないし、譲ってもらう必要もない」

そんなことをするくらいなら並ぶ。

「エレノア、ここまで来た以上はもうダメよ」

クレアはすでに諦めているようだ。

こういうことに慣れている人に従った方がいいか。

「わかったわよ。握手すればいいんでしょ。握手の何がいいかわからないわ」

ツンデレみたいなことを言いながら青年と握手した。そして、それを何人も繰り返していき、店に入る。

俺達は店に入ると、三人並んでカウンターに座った。

自分でもわかる。絶対に場違いだ。

「せめてジャージで来ればよかったわ」

当たり前だが、こんなところに来る予定はなかった。

こいつらをご飯に誘ったのは俺だが、もっと普通に話せるところを想定していた。こんな人の多い人気店はない。他の客も明らかにチラチラとこちらを窺いながらスマホを弄っているし、SNSで拡散されそうだ。

「いや、あんたはジャージでも浮くだろ」

「そうね」

黒ローブはもっと浮くわい！

俺達はそれぞれラーメンを頼み、待っていると、すぐにラーメンが出てきた。

俺はラーメンを食べようと思い、箸で麺を掴むが、長い髪が垂れてくる。エレノアさんで麺類を食べるのは初めてなので、こんなことが起きるとは思わなかった。

「結べば？」

隣に座っているクレアが忠告してくる。

「髪留めもゴムもない」

「はい、あげる」

クレアがポケットからゴムを取り出し、カウンターに置いた。

「結んでちょうだい」

俺、結べない。

「は？　私が？」

「お願い」

「あなた、お姫様か何か？」

「実はそうなの」

おほほ。

「はいはい」

絶対に信じてないであろうクレアだったが、立ち上がって、座っている俺の後ろに回って髪を結んでくれた。

「ご苦労であるぞよ」

こら、楽だわ。家に帰ったら髪を結ぶ練習をしよう。

剣を振る時に邪魔だったし、今後もこういうことがあるかもしれない。

「それ、王様とかじゃない？」

席に戻ったクレアはきれいに箸を握り、ラーメンを食べ始める。

「気にしない、気にしない。あなた達って、普通に箸を使うのね」

クレアもハリーも普通に箸を使っていた。というか、クレアに至ってはレンゲにミニラーメンを作っている。明らかに慣れている。

「まあ、色々あるのよ。言葉も普通でしょ？」

言われてみれば、こいつらってマジで日本語が上手いな。昔、日本にいたのかね？

「上手ね。まあ、深くは聞かないわ」

興味ないし。

「そうして。ねえ、エレノア、あなたってフロンティアのどこで活動しているの？」

「クーナー遺跡かな。最近は行ってないけど」

ということにしておこう。

「ふーん、あそこか……どんなところ？」

クーナー遺跡を知っているらしい。

「何？　行くの？」

「せっかく日本に来たし、ギルドの許可も得たからね」

「外国人でも行けるのね」

　知らんかった。

「普通は無理よ。ただ、日本とアメリカは協定を結んでいる。と言っても、中々、許可は下りないけどね。今回は特別」

「私？」

「まあ、あなたね。要はアイテム袋が本当にドロップするのかの検証をしてこいって」

　残念。ドロップしないね。

「頑張って。スライムだから」

「クーナー遺跡にスライムは出てこないわよ」

　そういやスライムじゃなくて、スケルトンだわ。

「スケルトンからも出るかもね」

「すっごい適当」

　適当にもなるわ。俺というかエレノアさんはテレビなんかでもスライムからドロップしたって言い張っているが、誰も信じていないだろう。

　エレノアさんが売るアイテムについては色んな説がネットで考察されているが、少なくとも、俺の言い分であるエレノアさんは運がめちゃくちゃ良い説は誰も信じていないのだ。

「何でもいいでしょ」

「ふーん、まあ、こっちも半分は観光気分だからいいけど」

Aランクがスケルトンしか出ないクーナー遺跡でやることなんてないしなー。

「なあ、エレノア、おかわりを頼んでもいいか？」

ハリーがそう言ってきたのでハリーの器を見ると、汁も残っていなかった。

「早いわねー。どうりで静かだと思ったわ。勝手に頼みなさい」

でも、塩分を摂りすぎんなよ。

「美味しいとは思うけど、よく二杯目を食べられるわね……」

クレアも呆れている。

「ねえ、クレア、私の追っかけさんは？」

さすがにこんなところで下手なことは言えない。

「調査中。一応、気を付けて」

「あなた達って二人？」

アメリカのエージェントって少ないん？

「一応、こっちにも調査員はいるわよ。でも、表立って動くのは私達ね」

「ふーん。どちらにせよ、オークションが終わるまでは大人しくしててほしいわ」

「同感ね」

俺達はそのままラーメンを食べ続ける。そして、食べ終えると長居するのも悪いので、店を出て、二人とその場で別れた。なお、店の大将にサインと写真を頼まれたので嫌々ながらもサインを書き、大将を含めた四人で写真を撮った。

俺はハリーとクレアのかっこいいサインを見て、サインの練習もしようと思った。

◆◇◆

私は席に着きながら時計を見る。

時計は昼の二時を指していた。

遅い……約束は一時だったはずだが。

さすがに一時間の遅刻は遅すぎると思い、デスクに備え付けられている電話に手を伸ばした。

すると、手が受話器に触れるか触れないかくらいのあたりでノックの音が聞こえてくる。

「入れ」

伸ばしていた手を引っ込め、入室の許可を出した。

「失礼します」

部下であるヨシノが頭を下げて入室してくる。それを見て、嫌な予感がした。何故なら、この女がこんなに礼儀正しい時はロクなことがないからだ。

「どうした？」

そう聞くと、ヨシノが私のデスクのそばまでやってくる。

「本部長、エレノア・オーシャンとの交渉に失敗しましたことを報告します」

は？

「ちょっと待て。意味がわからん。あの魔女はまだ来てないぞ」

「いえ、約束通り、一時に来たそうです」

は？

「本当に待て！　何を言っている⁉　私はずっと待っているんだぞ！」

「端的に言えば、野中が横入りしました」

野中……？　あいつか！

「野中が何をした⁉　あいつが私に黙って勝手に交渉でもしたと言うのか⁉」

ありえん話だ。　野中は私の部下だぞ⁉

「進藤先生もいたそうです」

そういうことか……野中は国会議員である進藤の親戚を嫁に取っている。あいつはそのコネでこの本部にも採用となった経緯があるのだ。

「クソッ！　一体、何があった⁉」

怒鳴るようにヨシノに聞くと、ヨシノが嫌そうな顔をする。

「す、すまん。君は関係ないし、パワハラだったな」

いかんな。こういう時こそ冷静に。

「いえ、心中はお察しします」

「それで？　勝手に交渉したわけだな？」

「はい。もっと言えば、本部との交渉ではなく、進藤先生の息のかかった会社との交渉ですね」

落ち着けー、落ち着け、私！

「その交渉をこのギルド本部でやったと？」

「そうなります。マズいですよね？」

「いいわけないな。野中には島根支部に行ってもらおう」

コネのこともあるし、クビにはできんが、二度と浮上させん。一生、縁結びでもしてろ。

「ちなみにどんな交渉だ？」

「脅して百万円で買い取ろうとしたみたいです」

百万て……いくら何でも安く買い叩きすぎだ。

「それはすごいな。それで決裂か？」

「はい。進藤議員は魔女の素性のことで脅し、買い取ろうとしたようですが、拒否されました。逆にゲートを閉じるぞと言われ、政府はパニックです。野中は真っ青になって倒れました。今、病院に行っています」

……え？

「ヨシノ、私は午後から有休を取ろうと思う」

体調が優れない気がする。

「ダメです」

まあ、そうだろう。

「ふぅ……」

「怒鳴られるかと思ったんですが……」

「もはや、その域を超えたよ」

　ゲートを閉じるだと？　ありえん。ありえんが……

「ヨシノ、どう思う？」

「嘘と簡単に流せればよかったんですが、相手は黄金の魔女です。あの魔女がフロンティア人という噂もありますし、何とも……」

　そうなのだ。嘘と言い切れんところがつらい。

「マズいな」

「ただ、たとえ、あの魔女がフロンティア人だとして、ゲートを閉じるすべがあったとしても、実際はしないでしょう。いくらなんでも短慮すぎます。やるなら本当に拘束しようとした時でしょう」

「私もそう思うし、上もそう判断するだろう。問題はあの魔女の影響力が増したことだ。これで政府はエレノア・オーシャンに手出しができなくなった」

　ゲートを閉じられれば、日本は間違いなく衰退するだろう。その可能性があるかもしれない魔女を無下には扱えない。

「あの魔女は本当に魔女でしたね。政府は交渉しないんですかね？」

「何を交渉するんだ？　あの魔女は何を聞いてもすべてはぐらかして答えるし、自分がフロンティア人であることを否定していた。もし、あの魔女がフロンティア人であるとしたら私はあの魔女が逃げてきたフロンティア人であると予想している」

「逃げてきた？」

「フロンティア人はここ三十年で接触を極端に避けてきたし、世界中のどのゲートを使ってもフロンティア人は見つかっていない。つまり、向こうも接触を禁じているのだろう。そんなフロンティア人がこっちに来るということは逃げてきたということだ。もしくは、元々、フロンティアの政府に縛られていない世捨て人だな」

犯罪者か世捨て人か……まあ、あの魔女がフロンティア人と仮定した場合の話だ。

「どちらにせよ、魔女ですね……」

「下手なことはできんし、政府は様子見だろう。今のところはポーションやアイテム袋を卸してくれる金の卵だしな」

外国から工作員が入ってきているらしいが、そこはアメリカのあの二人に任せるしかない。

「では、我々も静観ですか？」

静観……この状況でか？

「いや、回復ポーションの交渉を再度、行おう。交渉決裂したのはウチではない」

「伝言です。『さっきの人に売っちゃダメって言われたからレベル2の回復ポーションは売らないことにしたわ』だそうです」

…………。

「あれはウチの職員ではない。そうだな？」

「先程、島根に栄転と？」

栄転とは言っていない。

「やっぱりクビだ」

「よろしいので？　一応、進藤先生のコネですけど」

「こんな事態を引き起こした進藤は終わりだ。どうせ、すぐにその会社との癒着がマスコミにリークされる」

あれは力も強いが、その分敵も多いし、すぐにそうなるだろう。

「では、知らない男が勝手にギルドに侵入し、勝手に交渉したということでよろしいですね？」

無茶苦茶だな。

「そうなるな。私はすぐにあの女狐に連絡を取る。お前、口添えできんか？」

従姉だったろ。

「厳しいです。従姉は金の亡者ですから」

似てんな、おい。本当に従姉か？　姉妹だろ。

「では、仕方がない。ふっかけられるかもしれんが、何とか交渉してみよう」

「そうなるといいですね」

ヨシノが微笑んだ。

「……その笑顔は何だ？」

ものすごい嫌な予感がする。

「黄金の魔女がここを出た後、すぐにタクシーに乗り込んだそうです」

「呼んだんだろ」

「タクシーの中にはすでに金髪の女性が乗っていたそうです。あと、こちらを」

ヨシノがそう言って、自分のスマホを見せてくる。スマホの画面には満面の笑みを浮かべる男が立っていた。その横には同じく満面の笑みを浮かべるクレア・ウォーカーとハリー・ベーカーがいる。そして、その端には不満そうな仏頂面のくせに、しっかりとピースだけはしている金髪の魔女もいた。

「なんだこれは？」

「とあるラーメン屋の店主がつぶやいたものですね。Aランク冒険者と黄金の魔女も御用達のウチのラーメンをよろしく、だそうです」

…………。

「もう接触したのか、あいつら」

しかし、なんでラーメン屋？　似合わんぞ。

「詳しくはわかりません。ですが、クレア・ウォーカーがアメリカでフロンティアのアイテムを売買する会社を持っていることを忘れずに」

……そうだ！　マズい！　横からかっさらわれる！

「すぐに電話をする！　ヨシノ、後のことは任せた」

すぐにデスクの上にある電話の受話器を取った。

間に合ってくれ！　……もう遅いとは思うけど。

◆◇◆

【黄金の魔女】エレノア・オーシャン66【フロンティア人?】

523：名もなき冒険者
ラーメン屋にエレノアさんがいる

524：名もなき冒険者
？

525：名もなき冒険者
マジ？

526：名もなき冒険者
なんか外国人二人といる
ハリーとクレア

527：名もなき冒険者
来日中のAランクじゃん！
やっぱり来日目的は魔女か

528：名もなき冒険者
なんでラーメン屋？

529：名もなき冒険者
美味いじゃん

530：名もなき冒険者
エレノアさん、いつもの黒ローブだけど……

531：名もなき冒険者
ラーメン屋には合わんな
なんでそれで来た……

532：名もなき冒険者
実際、不満そう

533：名もなき冒険者
実況しろ

534：ラーメン屋の冒険者
了解
現在、ラーメン屋に並んでいるが、横入り中

535：名もなき冒険者
横入り?

536：ラーメン屋の冒険者
二十人くらい並んでいるんだけど、順番を譲ってもらいながら徐々に後ろから来ている

537：名もなき冒険者
ひでーな、おい

538：名もなき冒険者
よく譲るな
俺なら絶対に譲らない

539：名もなき冒険者
でも、アメリカのAランクと魔女でしょ
怖いわ

540：名もなき冒険者
確かに……

541：ラーメン屋の冒険者
皆、握手してもらっているし、写真とかサインをもらってる
俺もお願いする
問題は次にラーメン屋に入るのが俺ということ
時間との勝負

542：名もなき冒険者
エレノアさんの写真よろ

543：名もなき冒険者

エレノアさんの匂いを教えて

５４４：名もなき冒険者

どこのラーメン屋？

５４５：名もなき冒険者

何の話をしているんだろうな？

５４６：名もなき冒険者

オークションとかアイテム袋の話でしょ

５４７：名もなき冒険者

勧誘だったりして

５４８：名もなき冒険者

え？

エレノアさん、アメリカに行くん？

５４９：名もなき冒険者

というか、行けるの？

冒険者は制限があるでしょ

５５０：名もなき冒険者

裏技：日本で引退し、アメリカで再取得

551：名もなき冒険者
それ禁止になったろ
552：名もなき冒険者
許可がないと別の国では再取得できないはず
553：名もなき冒険者
別に冒険者でなくても良くない？
魔女って本当に冒険でアイテム袋を得ているのか怪しいじゃん
554：名もなき冒険者
作ってる説でしょ
555：名もなき冒険者
フロンティアから密輸説でしょ
556：名もなき冒険者
アイテムをコピーできるスキル説でしょ
557：名もなき冒険者
その議論は散々やっただろ
飽きたわ
558：名もなき冒険者
結論はわからないだもんなー

559：**名もなき冒険者**
ラーメン屋はどうなった？

560：**名もなき冒険者**
いなくなったね

561：**名もなき冒険者**
ラーメンを食ってんじゃね？ｗ

562：**ラーメン屋の冒険者**
握手してもらった！

563：**名もなき冒険者**
あ、間に合ったのね

564：**名もなき冒険者**
よかったな

565：**名もなき冒険者**
匂いは？

566：**ラーメン屋の冒険者**
ラーメンの匂いしかしない！
あと、ハリーが肩を組んでくれたけど、おっさんの匂いがした

567：名もなき冒険者
どうでもいいな
568：名もなき冒険者
エレノアさんとしゃべった？
569：ラーメン屋の冒険者
しゃべった！
私と握手したいなんてもの好きね。気持ちがさっぱりわからないわって言いながらプイってしてた
かわいい
あと、手がやわらかかった
570：名もなき冒険者
ツンデレさんだったか
571：名もなき冒険者
アイテム袋のことは聞いた？
572：ラーメン屋の冒険者
さすがに聞けない
そんな雰囲気じゃないし
応援してますって言っただけ

573：名もなき冒険者
まあ、無理か

574：名もなき冒険者
Aランクは？
強そう？

575：ラーメン屋の冒険者
二人共、強そう
でも、二人共、めっちゃいい人
すげー笑顔で握手してくれる
エレノアさんはプイっだったけど

576：名もなき冒険者
いいなー

577：名もなき冒険者
サインは？

578：ラーメン屋の冒険者
書くもんがなかった
写真は撮ってもらった

579：名もなき冒険者
見せろ

580：名もなき冒険者
よろ

581：ラーメン屋の冒険者
ダメ
宝物にする
他の人も撮ってたし、誰かがつぶやいてんじゃない？
写真を撮るのは嫌そうにしてたくせにちゃんとピースするエレノアさんかわいい

582：名もなき冒険者
探すか

583：名もなき冒険者
すぐに見つかるな
眉をひそめているのにピースはするエレノアさんかわいい

584：名もなき冒険者
結構、拡散されてるな

585：名もなき冒険者
バズってるね

５８６：名もなき冒険者

しかし、全部ピースだな

他にバリエーションないんかｗ

５８７：名もなき冒険者

エレノアさんは平和を願っているんだよ

５８８：名もなき冒険者

でも、魔女じゃん

５８９：名もなき冒険者

今、ラーメン屋？

５９０：ラーメン屋の冒険者

ラーメン屋

カウンターに三人座ってラーメン食べてるのを聞き耳立ててる

５９１：名もなき冒険者

ホントにラーメン食ってんのか……

５９２：ラーメン屋の冒険者

新情報

エレノアさん、自分で髪も結べないお姫様らしい

593：名もなき冒険者
マジ？

594：名もなき冒険者
魔女じゃなくてお姫様？

595：名もなき冒険者
フロンティア王国の王女様？

596：名もなき冒険者
なんでラーメン屋におんねん

597：ラーメン屋の冒険者
下々の民が食べているらーめんというものを食べてみたいですわ

598：名もなき冒険者
冗談かもしれん
Aランクのリアクションが薄いし
でも、髪を結んだエレノアさんかわいい

599：ラーメン屋の冒険者
盗撮しろ
さすがに無理w
ハリーすげー！

ラーメン大盛を二杯目いった！

600：名もなき冒険者
すごくどうでもいいな

601：名もなき冒険者
うん、どうでもいい

602：名もなき冒険者
他に情報はないんかね？

603：ラーメン屋の冒険者
ない
食べ終わったからもう出ないといけないし

604：名もなき冒険者
出待ちしろ

605：ラーメン屋の冒険者
無理
これから冒険
待ち合わせ時間に遅れる

606：名もなき冒険者
　マジでラーメン屋の冒険者だったのか……

・
・
・

709：名もなき冒険者
　ラーメン屋で仏頂面なくせにダブルピースしているエレノアさんかわいい

◆◇◆

俺はハリーとクレアとラーメン屋で別れて、タクシーを使って家の近くまで行き、透明化ポーションを飲んで帰った。そして、家に帰ると沖田君には戻らず、エレノアのままで髪を結ぶ練習をしていた。

「難しいな……」

スマホで『長い髪　結び方』で検索し、それを見ながらやっているのだが、中々、上手くできない。

「カエデちゃんに聞くのもなー……とりあえず、ポニーテールぐらいはできるようにしよう」

剣を使うから、それができればいいだろう。

剣道少女といえば、ポニーテールだし。まあ、少女っていう歳でもねーけどな。

　スマホを見ながらせっせと髪を結ぶ練習をしていると、着信音と共にスマホの表示画面にサツキさんの名前が表示された。

「電話……？」

　通話ボタンを押す。

「もしもしー？」

『んー？　エレノア？　今、外か？』

　サツキさんの声だ。

「いや、家に帰ってるわよ。ちょっと髪を結ぶ練習をしているところ」

『髪？』

「さっきラーメンを食べたんだけど、垂れてきて邪魔。それに私は剣を使うし、冒険中も結ぼうかと思って」

　今まではたいして動いていないから気にならなかったが、アクロバティックな動きをするにはさすがに邪魔だ。

『お前、長いもんなー。切れよ』

「これがトレードマークだから」

　せっかく高い金を出して染めたし。

『ふーん、まあいいや。結ぶのは良いと思うぞ。教えてやろうか？』

「いい。自分でやる」

女子に教わるのはなんか嫌。

『まあ、頑張れ。そんなことよりもお前、今日、本部に行ったか？』

「行ったわね。レベル２の回復ポーションを百万とか言われたから帰った」

二百五十万ならまだ考えたが、百万はねーわ。

『なるほどなー。実は本部長から電話があって、お前が話した奴はギルドとは何の関係もないそうだ』

「そうなの？　衆議院議員の進藤先生って方がいらしてたけど？」

あ、調べようと思ってたんだけど、忘れてた。

『黒い噂の多い議員だな。お前、ゲートを閉じるって脅したそうだな？』

「不法滞在だから拘束するって脅されたからね。逆に脅したわ。効果あるでしょ」

『あるな。ありすぎたわ。今、政府のお偉いさんが集まって協議してんだと』

あー、そこまでいったか。

「マズかった？」

『いや、それくらいやった方がいい。その方が私も動きやすい』

「ふーん、ねえ、進藤先生はともかく、野中っていう人はしっぽ切り？」

『そうなったな。余計なことをしてくれたと本部長がガチギレしてた』

ざまあみろ。あいつ、上から目線で元上司に似てたからいい気味だわ。

「それで？　本部長さんは何て？」

『今度は横入りなしでちゃんと話をしたいんだと。私に繋いでくれって電話があった』

あー、どうしよう……クレアと契約しちゃった。

「うーん……」

『嫌か？　それとももう売ったか？』

「クレアに売るって約束しちゃった」

『やっぱりかー。本部長もそれを危惧してたぞ』

そうなん？

「なんで？」

『お前がハリーとクレアといたことは本部長も知ってたらしい。それでもう遅いかもしれんって言ってた』

情報網すげーな……いや、ラーメン屋でめっちゃ目立つことをしてたわ。

「マズかった？」

『好きにすればいいんじゃね？』

自分の利益には関係ないから興味なさそうだなー。

「いやさ、今思ったらギルドを通さないといけないじゃん」

フロンティアで得た物はすべて一度、ギルドに提出しないといけなかったはずだ。

『そこは気にしなくていいぞ。皆、お前がまともにドロップしたとは信じてないし、クレアが上手くやる。自分が見つけたって言って売るだろ』

「百個も売ることになってんだけど？」

『偶然、百個見つけたって言うだけだ』

「いいの？　怪しさマックスじゃない？」

俺が売ったってバレバレやんけ。

『証拠がないからなー。あいつらはアメリカのエージェントだから税関もすり抜けるし』

密輸じゃん。さいてー。

「ふーん、汚いわねー」

『まあ、私らと一緒さ。皆、金が欲しい。違うか？』

「違わない」

俺が欲しいのは金、金、金！　あとカエデちゃん！

『だろ？　それでクレアに売るのは百個だけか？　また作ってギルド本部に売る気はないのか？』

「まだ四百個残ってる。でもさ、価格が暴落するから他には売るなって言われた」

『……やはり誰かをつけるべきだったか』

ん？

「どうしたの？」

『お前、その四百個をどうする気だ？　今後、クレアにしか売れんぞ』

……そんな気がしないでもない。

「いや、契約はまだだから。クレアもオークションに出る気らしいからポーションを買う金がない」

『まだか……ならいい。もし、その契約をするにしても、売っちゃダメな期間がいつまでなのかを決めろ。そのままだとクレアにしか売れなくなり、百個以降を買い叩かれるぞ』

うーん、ズルい女だ。

「ちゃんと考えてみる」

『最悪は私が間に入ってやる』

「わかった。考えておくわ」

まあ、値段とかは決めちゃったんだけどね。

『じゃあ、本部長には断りの電話を入れておくぞ』

「とりあえず、保留にしてちょうだい。何にしてもオークションが終わった後だわ」

それまでにレベルが上がって新しく売れる物を作れるようになるかもしれないし、ここで本部長に悪い印象を与えない方がいい。

おっぱ……三枝さんの上司さんだし。

『わかった。あと、カエデから聞いたが、今週は来ないんだな？』

「そうね。土日は人が多いし、月曜に行くことになってる」

『了解。じゃあ、私は仕事に戻る。オークションの問い合わせがかなりある。これは期待できるぞ！』

銭ゲバだなー。

「来週が楽しみね。じゃーね」

『ああ、またな』

サツキさんはそう言って、電話を切った。

「うーん、やけっぱちになっていたかもしれない」

あの野中と進藤がムカつきすぎて安易にクレアと交渉してしまった。本契約はまだだし、それまでに考えておくか。

「よし！　ポニテの練習をして、サインの練習もしよう！」

自分でも何をしてんだろうという自覚はあるが、暇なので頑張ることにする。そして、髪を結ぶ練習とサインの練習ばかりして、土日を過ごした。さすがにそれだけやれば上手になった。

俺は髪を結ぶスキルを手に入れた！　そんなスキルないけどね。


今日は月曜日である。オークションの入札が始まる日であり、ナナポンと一週間ぶりの冒険に行く日だ。

エレノアさんになると、洗面所の鏡の前に立ち、散々練習した髪を結ぶスキルを使ってきれいなポニテを作った。

「ぶっちゃけ、金髪ポニテに黒ローブは合わないわね」

剣を使うし、金髪ポニテは鎧の方が似合うだろう。なんとなく、騎士っぽくて嫌だけど。

鏡の向こうの自分を見て、微妙な気分になった。

「まあいい。時間だし、行くか……」

準備を終えると、いつものように透明化ポーションを飲み、家を出る。そして、いい所で透明化を解き、タクシーに乗り込んだ。

タクシーに乗り込み、行き先を告げるとタクシーはすぐに発進した。そして、散々見てきた近所の風景を窓から眺める。

あのアパートからギルドに向かうのもあと少しか……

もうすぐであの家を引っ越す。大学を卒業してから住み始め、辛い社会人時代を過ごしてきた家だ。思い入れはある。

隣のやーさんに余ったからって肉じゃがをもらったことはいい思い出だ。思わず、『おかしくね!?』ってツッコんだけど。だが、一番の思い出はカエデちゃんとあの家でオークション結果を見ながら騒いだことだ。だから感慨深いと言っても、次の家ではそのカエデちゃんと一緒に住むのだから、後ろ髪を引かれることはない。

お世話になったやーさんに菓子折りでも持って挨拶に行かないとなーと思いながら到着を待っていると、タクシーがギルド裏に到着した。

「お客さん、エレノア・オーシャンさんです?」

料金を払おうと思って、財布を出すと、これまでまったくしゃべらなかったタクシーの運ちゃんが聞いてくる。

「そうね」

「娘があなたのファンなんですよ。頑張ってください」

ふっ、素晴らしい娘がいるな。

料金を払うと、カバンから色紙とサインペンを取り出した。

「娘さんの名前は？」

「ミナですけど……」

色紙にかっこよく【ミナちゃんへ】と書き、よくわからないミミズみたいな文字を書いた。

「あげる。娘さんが金髪に染めようとしても止めちゃダメよ」

そう言って、色紙を運ちゃんに渡す。

「あ、ありがとうございます……娘、小学生なんですけど」

「やっぱりダメ。中学生になってからにしなさい」

中学も校則でダメだとは思うけどね。夏休みとかにやるといい。

「わ、わかりました」

「では、ここまでありがとう」

そう言うと、タクシーを降りた。

よし！　ナナポンにもサインを書いてあげよう。

タクシーから降りて裏口へ向かい、警備員に会釈をし、ギルドに入った。そして、通路を抜け、受付裏に出ると何食わぬ顔で歩き、ロビーに出る。

今日は月曜の昼だというのに珍しく、ロビーには他の冒険者が数人いた。珍しいこともあるもんだと思いながらも、声をかけられる前にさっさとカエデちゃんのもとに行く。

「こんにちは」

「はい、こんにちは」

挨拶をすると、カエデちゃんも挨拶を返してくれる。仕方がないことではあるのだが、カエデちゃんはエレノアさんの場合、ちょっと業務的な口調だ。

「今日は人が多いわね」

「五人で多いと言われるのが悲しいですが、そうですね」

おーっと、ごめん、ごめん。でも、しゃーないだろ。

普段は俺ぐらいしかいないんだから。

「オークション関係？」

「多分……今日からですし、野次馬では？」

暇人だなー。

「まあいいわ。いつものところに行く」

人がいるので具体的な場所は言わない。どこで漏れるかわからんし。

「わかりました。早く行った方がいいですよ」

カエデちゃんはそう言って、剣と杖を受付に置く。この言い方はナナポンがすでに向かっており、ダイアナ鉱山で待っているという意味だろう。

「そうね。それよりもどう？」

そう言いながらポニーテールを触る。

「結ぶことにしたんですね。お似合いですよー」

リアクションが薄いな……

「やっぱり似合ってない？」

「いや、似合ってますって。あのー、帰ったらネットを見てください。髪も結べないフロンティアのお姫様になってますよ……」

ラーメン屋でクレアに言った冗談か……誰か聞いて、信じたか？

「あほくさ。どう見てもお姫様ではないでしょうに」

魔女だぞ、魔女。

「まあ、噂は色々と尾ひれがつきますから」

そうかもしれない。

「まあいいわ。じゃあ行ってくる」

剣と杖をカバンに入れて、奥にあるゲートに向かう。そして、ゲートをくぐり、岩壁に囲まれた薄暗い平地に到着した。ゲート近くの小屋の前にぼろっちいテーブルと椅子があり、ナナポンが座っている。

ナナポンは顔を上げ、俺の方を見ると顔がぱーっと明るくなり、走って俺に近づいてきた。

「エレノアさん、こんにちは」

「はい、こんにちは。遅れてごめんなさいね」

遅れたことを謝る。

「いえ、私も来たばっかりです。今日は髪を結んでいるんですね」

「ええ。やっぱり身体を動かすには邪魔だしね。大丈夫？　ちゃんとできてる？」

「もちろんです。上手になられましたね。すごく似合っていますよ」

ほっ……辛辣なブラックナナポンがそう言うなら大丈夫そうだ……

カエデちゃんはいい子だから世辞を言っている可能性がある。

「ありがとう。今日だけどね、スキルを習得しようかなって思ってるの」

お礼を言うと、本日の冒険テーマを発表した。

「スキルですか？」

「そうそう。私達ってユニークスキルを除けば、一つだけでしょ？　私は剣術だけだし、ナナカさんも火魔法だけ。もうちょっとあっても良くない？」

「まあ、そう思ったこともありますけど、いります？」

いるの！

「この前ね、例の外国人二人のステータスカードを見たわ」

「どうでした？」

「ずらーっとスキルが並んでいたわね」

「要は羨ましかったわけですか……」

まあね。

「そういうわけでスキルを習得しましょう！　まずはこれ！」

カバンからクレアにもらった拳銃を取り出す。

「銃？　エアガンですか？」

「いや、アメリカのエージェントから翻訳ポーションと交換したやつね」

「え⁉　本物ですか⁉」

ナナポンが驚いて拳銃を凝視した。

「そうね。ここじゃあ、私のエアハンマーが使えないでしょ？　だから遠距離攻撃用にいいかなって思ってね。しかも、これを使えば狙撃というスキルが手に入るってネットに書いてあったわ」

「……あのー、とっても言いにくいんですけど、フロンティアでは火器類は使えませんよ」

使えない？

「いや、そりゃあ日本では銃は違法でしょうけど、誰も見てないじゃない。こそっと使うのよ」

そもそも、そういう場所に来ているんだから問題ない。

「いえ、そういう意味ではないです。フロンティアに来ると、何故か火器類が使えないんです。もっと言えば、ヘリやドローンも飛ばせないんです」

……なんか昔、そんなことを学校で習った気がしてきた。

「そうだったような……気がする」

　ということはあの情報はガセか……

「一説によれば、フロンティア人が地球の軍の侵攻を怖れているとかなんとか……というか、銃でスケルトンを撃つんですか？　骸骨ですよ？　もっと言えば、狭い鉱山の中ではやめた方が良いような気がします」

「…………」

　無言で拳銃をカバンにしまい、剣を取り出した。そして、鞘から剣を抜く。

「見て、ナナカさん。この剣の輝きを……」

　剣を掲げ、きらりと光る剣を見る。

「ハァ？　きれい、ですかね？」

　ナナポンが首を傾げた。

「私は物心がついた時から剣を振っていたわ。そう、剣こそが私の生きる道なの」

　本当はこのショートソードじゃなくて、刀だけど。

「ですか……」

「良いものを見せてあげるわ」

　カバンの中から財布を出し、コインを取り出した。そして、そのコインを真上に高く放り投げる。

「ほー……」

　ナナポンはマヌケ面で投げたコインを目で追う。

「刮目せよ！」

剣を下ろすと、正面を向いた。そして、タイミングを見計らい、振り上げる。すると、俺の手には確かな感触が残った。

「どう⁉」

ナナポンを見る。

「え、何が……？」

刮目しろって言ったのに……

「ちゃんと見てなさいよ……えーっと、どこかな？」

地面を探し始める。すると、草が生えていないのですぐに見つかった。

俺はコインを拾うと、ナナポンに見せる。

「どう⁉」

「あ、真っ二つに切れてますね。すごいです」

反応薄いなー……俺の望むリアクションではない。

「よしわかった！　あそこの岩を斬りましょう！」

ちょっとでかいがいけるだろ！

「わ、わかりましたからやめてください！　すごいですよ！　銃なんていらないと思います！」

「そう？　わかった？」

「はい……沖田さんのことをバカって言ってた朝倉さんの気持ちがわかりました」

カエデちゃんはすぐに俺をバカにするからなー。今度、怒っておこう。めっ！

「よし！　そういうわけで筋トレをしましょう！」

「攻撃力が上がるってやつですっけ？」

さすがにナナポンも詳しいな。まあ、俺よりも先輩だし、調べてはいるか。

「そうそう。基礎のやつね」

「いいですけど、私もですか？　私、魔法使いなんですけど……」

確かにナナポンはいらないか。杖で殴るわけでもないし。

「魔法使いってどんなスキルがあるの？」

「魔力上昇とかです」

「威力が上がる感じ？」

「ですね。魔法を使っていれば、そのうち、身につくっていうのが定説です」

じゃあ、特にやることはないな。鉱山の中では灯りの確保のために常時使っているし。

「ふーん、じゃあ、一緒に筋トレする？」

マッチョになろうぜ。

「あのー、エレノアさんって攻撃力上昇がいります？　あなた、全部一撃じゃないですか……」

いやまあ、そうなんだけどさ……

「でも、スキルが……」

「正直なことを言えば、私も冒険者になったばかりの頃はそう思ってました。色々と調べましたし、修行もしました。でも、気付くんです。『これ、いる？』って。だって、エデンの森にしても、クーナー遺跡にしても、ここにしてもモンスターってそんなに強くないじゃないですか」

　まあそうかも。

「でもなー……」

「私はかつて、ネットで質問しました。ロクに冒険者の知り合いもいなかったですしね。その結果、初心者ほどよくスキルを欲しがるってバカにされました。そういうのは後からついてくるもんだそうです。初心者は安全第一。そして、慣れつつ、レベル上げです」

　うーん、掲示板で聞いたな、こりゃ。多分、めっちゃバカにされたんだろう。

「じゃあ、今まで通り、レベル上げをしておけばいいの？」

「武器を絞ることも重要だそうです。まあ、私達は決まってますから、このままレベル上げをすべきです」

「あなた、何歳だっけ？」

「十九歳ですけど……」

　若い……俺、こんなガキに諭されてるぞ。

　スキルというおもちゃを欲しがる子供な気分になってきた。もう二十六歳なのに……

「よくわかったわ。では、いつも通りにハイドスケルトンを狩りましょう。ついてきなさい、弟子！」

「十九歳にマウントを取らないでくださいよ……朝倉さんが沖田さんのことを小っちゃい男って

言ってた意味がよくわかります」

カエデちゃん、悪口しか言ってねーな……少しは彼氏を褒めて自慢しろよ。

「ほっとけ……よし！　じゃあ、行きましょうか。あ、そうそう。ナナカさん、サインいる？　練習したんだけど」

「ください。でも、宛名は書かないでください」

こいつ、売る気だ……ひでー。


ナナポンに説得された俺はスキル習得を諦め、レベル上げに専念することにした。

俺達は鉱山に入ると、ナナポンが以前のように火魔法でたいまつを作る。俺はそれを見て、カバンから電気製のカンテラを出し、カバンに吊り下げた。

「あ、今日は灯りを持ってきたんですね」

ナナポンがカンテラを見る。

「そうそう。ナナカさんが魔法を使う時に見えないからね。正直、明るくなったり、暗くなったりすると、目が疲れる」

「フロンティアは余計に疲労しますしね。それに光源が二つあると明るいです」

確かに以前来た時よりかは明るい。

「よし！　ハイドスケルトンを狩りましょう。ナナカさん、敵はどこ？」

「あっちです。頑張りましょう」

俺達は前回と同じように交互にスケルトンを狩っていく。そして、狩りを始めて一時間ぐらいが経った。

「うーん、レベルが上がんないなー」

ステータスカードを見て、変わらないレベル６の数字に首を傾げる。

「そんなに簡単に上がりませんよ。ハイドスケルトンしか狩ってないじゃないですか」

「あなたはいくつ？」

「私も８のままです」

ナナポンに追いつきたい。十九歳に負けたくない。でも、よく考えたら一緒に冒険してるんだから追いつかなくない？

「経験値って倒した人が得るんだっけ？」

確かネットにそう書いてあった。

「基本的にはそうです。ただ魔法を使っても経験値は得られるみたいですね。回復魔法ばっかり使っている人のレベルが上がった事例もあるので」

へー……ということは、たいまつ代わりに火を灯しているナナポンも現在進行形で経験値を稼いでいるわけだ。

マズい……差が開く。

「錬金術でアイテムを作っても経験値を得てない気がするのよねー」

「そうなんです？」

「素材が安いし、無駄にいっぱい作ってるもの。でも、レベルが上がらない。あなたは？　透視してるでしょ」

「私もしょっちゅう透視してますけど、上がんないですね」

むっつりめ……何を透視してるんだい？

いいなー……

「私は魔法を使えないから地道にやるしかないかー」

やっぱりナナポンが大学に行っている間は沖田君にフロンティアに行ってもらおう。この前、カエデちゃんに怒られたからクーナー遺跡の方だな。

「頑張ってください。新しいレシピが出たら売れるかもしれません」

そうだよなー。やるか。

俺達はその後もハイドスケルトンを狩り続け、いい時間になったので、休憩のために鉱山を出て、小屋の前のぼろいテーブルで休憩をすることにした。

「アイテム袋があるし、休憩用のテーブルと椅子でも買おうかしら？」

このテーブル、壊れそうだし、椅子もぎーぎーと音を出している。

「良いと思います。私は嫌ですが、上位ランカーは泊まることもあるそうですよ」

「遠征的な？」

「ですね。私達が行けるようなエリアは範囲が狭いですが、別の所は広いところもありますし、未調査の所もあります。私もロマンとは思いますが、野宿は嫌です」

ナナポン、わがままだもんなー。

「キャンプと思えば楽しそうじゃない？」

「昔、小学校の研修でそういうのをやりました。虫が嫌です」

女子だなー。虫くらい我慢すればいいのに。

「まあ、ナナカさんは私と二人のテントは嫌だろうしね」

弱男性恐怖症だもん。

「エレノアさんならいいですよ」

ナナポンが意外なことを言ってきた。

「マジ？　ごめんね。私にはカエデちゃんがいるの……」

「沖田さんだったら舌を噛み切ります」

傷付く……

「お前、エレノアさん優遇をやめろよ」

「言葉遣いに気を付けてください。エレノアさんはそんなしゃべり方じゃないです」

えー……こいつ、完全に沖田君とエレノアさんを分けてるし。

「今度、沖田君と一緒に冒険に行こうよ」

「嫌ですよ。沖田さん、怖いですもん」

「どこがよ⁉」

「無駄にスケルトンの首を刎ねるところです」

やってんのはエレノアさんじゃん。こいつ、悪いところは全部沖田君で、良いところは全部エレノアさんとして見てるな。そら、沖田君が嫌われるわ。

「もうやんないわ。普通にやる」

「そうしてください。それよりも今日からオークションですよね？」

ナナポンも取り分がもらえるから興味津々だ。

「今日十二時からだからもう始まってるわね。終了が金曜の二十三時五十九分まで」

正確に言えば、金曜の二十三時五十九分五十九秒。

「予想落札額を見ました？　七億から八億ですって！」

「見た、見た。すごいわよね」

「二個だから十五億前後です。私の取り分は十パーセントだから一億五千万円です！　ど、どうしましょう⁉」

内気なナナポンがめっちゃ興奮している。これが黄金の魔法だ。

「親に預ければ？」

「は？　ないない。これは私のお金です」

金は人を変える。いや、元からこんな奴か……

「欲しがってた杖でも買いなさいよ。でも、散財は止めておきなさい。目立つわよ」

「それは朝倉さんにも忠告されましたね。どっかの先輩さんが無職のくせに急に金回りがよくなり、宝くじが当たったってバレバレな嘘をついていたそうです」

あの子、めっちゃばらすな……俺を反面教師にすんなよ。

「……まあ、そういうことになるから気を付けてね」

「そうします。でも、杖と防具は買います。危ないので」

「そうね。あなた、普通の格好だもんね」

ナナポンはいつも黒のパンツに白いTシャツ、ピンクカーディガンだ。杖はともかく、冒険者には見えない。

「動きやすくて、汚れてもいい服を選んでいるんですよ」

俺というか、エレノアさんは黒ローブという動きにくい服を着ているな……沖田君の方は比較的動きやすい服だけど……

「黒ローブ、買う？」

弟子だし、お揃いにする？

「嫌ですよ。エレノアさんと被るし、私が着ると重くなります」

「重い？」

別にローブなんて軽いけど……

「ファッションの話です」

どうでも良くね、と言いたいが、やめておこう。おっさん認定は嫌だ。

「じゃあ、どうするの？　インナースーツでも買う？」

エレノアさんの黒ローブの下はインナースーツだ。軽くて動きやすく、しかも、頑丈という良いとこ取りな謎装備。

「それは買います。あとは上かー……まあ、このままでもいいけど、せっかくだし、買おうかなー……うーん」

ナナポンが悩んでいる。

「まあ、ゆっくり考えなさいよ。あなたの場合は奇襲を受けないし、あなたに近づく敵は私が消してあげるわ」

「エレノアさん、かっこいい！」

ほらね。絶対に褒める時はエレノアさんって言う。そして、貶したり、バカにする時は沖田さんって言う。

「ありがとう。それと今週だけど、明後日の水曜日に冒険に行きましょう。それ以外は休み」

「私は良いですけど、一日だけで良いんですか？　先週は私の都合でしたけど、全然行ってませんよね？」

まあ、ナナポンは学生だからしゃーない。テストはカンニングだろうけど、出席日数とかあるし、大学を優先すべきだ。

「オークションもあるし、個人的に部屋を片付けないといけないのよ」

「そんなに汚いんですか？　ぼろいとは思いますけど」

趣があると言いなさい。

「来週、引っ越すのよ」

「あー……謎の同棲ですか」

謎って何だよ。

「彼氏彼女が一緒に住むだけ」

「沖田さん、大丈夫です？　頭の中で完全に付き合ってません？」

そうだよ。付き合ってるよ。一緒に旅行に行って、腕を組んだもん。

「子供のお前にはわかるまい」

「いや、まあ、好きにしたらいいとは思いますけどね。どこに住むんです？」

「練馬。結構、良いとこだぞ。そういや、お前はどこに住んでんの？」

「沖田さん、口調、口調」

おーっと、カエデちゃんとの同棲の話題になったから変わってた。

「あなたってどこ？　中野？」

前にタクシーで送ろうとした時に中野駅までって言ってた。なお、俺が誘拐されたため、結局、一人で帰らせてしまった。

「ですね。大学に入って、一人暮らしを始めました。でも、私も引っ越そうかな……ワンルームだし」

「よほど不満がない限り、やめた方がいいわよ。広すぎて管理が大変だし、親に何て言うのよ」

どうせ、そのアパートを借りてるのは親御さんでしょ。

「それもそうですね。まあ、いっか。とりあえず、今週の予定は了解です」

「オークションが終わったら打ち上げでもしましょうか。新居に呼んであげるわ」

カエデちゃんと二人でやるのとは別にやっても良いだろう。

サツキさんは……家に招くと、うざそうだな。

「その時は絶対にエレノアさんでお願いします」

「あなた、そんなに沖田君のことが嫌い？」

いい加減、傷付くぞ。こちとら、メンタル修復中なんだぞ。

「いえ、そういうわけではないです。ただ、同棲する男女の家にお邪魔するのが嫌です。なんか生々しいし」

こいつ、本当にむっつりだなー。エロい漫画とか読んでそう。

「じゃあ、私になっておいてあげるわよ」

まあ、別にいいだろう。

「お願いします」

「はいはい。じゃあ、休憩もこの辺にして、再開しますか……」

「ですね」

俺達は休憩を終え、ハイドスケルトン狩りを再開した。

そして、ある程度のハイドスケルトンを狩ると、夕方になったので、ナナポンを先に帰らせ、この場で解散となった。

月曜日はナナポンとフロンティアに冒険に行った。レベルは上がらなかったが、そろそろ上がると思われる。

火曜日は部屋の掃除をした。主に水回りをきれいにし、いらない物やすぐには使わない冬服等をアイテム袋に収納した。

水曜日は約束通り、ナナポンとフロンティアに行った。だが、オークションの話題が盛り上がりすぎたため、ほとんどしゃべっており、たいしてモンスターを狩ることはなかった。

木曜日は残っている掃除と買い物に出かけた。新居の自分の部屋のベッドとかを買いにいったのだ。なお、カエデちゃんの要望通りにダブルベッドを買おうと思ったのだが、大きすぎたのでやめた。

そして、金曜日。この日はオークションの最終日であり、カエデちゃんが夕方に来る日だ。朝早くから起き、掃除の続きや買い物に行き、時間をつぶしていく。

夕方になると、カエデちゃんから『仕事が終わったんで、一度家に帰ってから行きます♡』というメッセージが届いた。

ほら、見ろ。これを彼女と言わずに何と言う？　わかったかね、ナナポン君。

カエデちゃんが来るということで、作業用のジャージから外に出るような服に着替え、待つことにする。しばらく待っていると、時刻が七時を過ぎた頃にインターホンが鳴った。

急いで玄関に行き、扉を開ける。すると、扉の向こうにはギルドの制服ではなく、白のニットと薄緑のロングスカートをはいたカエデちゃんが立っていた。

「お疲れ様、今日もかわいいね」

いつものようにデイリーミッションを達成する。

「えへへ、ありがとうございます。あ、これ、どうぞ」

カエデちゃんは嬉しそうに笑うと、スーパーのビニール袋を渡してくる。中身を見ると、やっぱり惣菜だった。

「ありがとー。上がってよ。寒かったでしょ」

カエデちゃんを家に招き入れる。

「ですねー。最近は朝晩が冷えます」

カエデちゃんは部屋に入り、座りながら答えた。

「ホントねー」

「しかし、片付きましたねー。元々、そんなに物はない部屋でしたけど、一気になくなりました」

カエデちゃんが部屋を見渡す。今週で一気に片づけたので、かなりきれいになったのだ。

「まあね。明日、最後の掃除をして、明後日には引っ越すかな。カエデちゃんは？」

「私は明日明後日が休みなんで明日引っ越して、明後日に部屋を準備します」

あれ？　早いぞ。

「片付けとかは？　カエデちゃんは仕事があったでしょ」

「元々、きれいにしてましたし、アイテム袋があるからすぐですよ」

そういえば、掃除好きって言ってた。

「じゃあ、カエデちゃんが先に住むのか」

「そうなります。ご飯を買って待ってまーす」

いい子だわー。しかも、かわいいわー。

「多分、昼前に行くからよろしく」

「はーい」

うんうん。

「あ、カエデちゃんさー、ナナポンにあることないことを言うのをやめろよ。あいつ、めっちゃバカにしてくるぞ」

めっ！

「ないことは言ってませんけどね。ナナカちゃんに忠告しようかと思ったんですよ。あの子はまだ十九歳です。大金を手に入れようとして無茶したり、人に自慢して不幸になることもあります。あの年頃は普通に注意しても聞きませんし、笑い話を交えながらこんなバカになっちゃダメだぞーって忠告したんですよ」

……この子、すごいなー。

「俺をピエロにしたわけね。反面教師にはちょうど良かったわけだ」

「まあ、実際、先輩はかなりひどかったですからね。先輩とエレノアさんが同じカバンとスマホを持っていた時はさすがに呆れました」

浮かれてたんだよ。

「大金に目がくらむと、注意力や思考力が散漫になるね」

「あの子もそうなりそうだったんで釘を刺しておいたんです」

「まあ、そんな感じだったな。あいつ、今回のオークションでかなりテンションが上がってたし」

ナナポンの儲けは推定一億五千万だしなー。誰でもそうなるわ。

「ですねー……しかし、先輩、見てます？」

カエデちゃんが主語を言わずに聞いてくる。でも、俺には言っている意味がわかる。

「見てる。すでに八億にいってるね」

オークション終了まで残り五時間ある。だが、すでに八億を超えている。

まだ最後の追い込みがあるのにもかかわらず、すでに推定落札額に到達しているのだ。

「八億だとしても二つで十六億。手数料やナナカちゃんの取り分を抜いても十三億が先輩の取り分です」

「ヤバいな……」

とんでもない額だ。

「一生遊んで暮らせますね」

「俺だけだったらなー」

でも、カエデちゃんもいる。一人だったら十分だが、二人となると、豪遊するには足りない。

別にカエデちゃんが浪費家というわけではなく、二人だと遊ぶ選択肢が増えるからだ。だって、一人で世界一周旅行に行ってもつまんねーもん。

「まだやりますか？」

カエデちゃんはエレノアさん退場のことを言っているのだ。

「いけるところまでいく……」

「引き際が大事ですよ？」

カエデちゃんが俺の手に自分の手を置く。

「わかってる。だが、今じゃない。まだ世間はエレノアさんのことを謎の魔女として見ている。ヤバくなるのは錬金術のスキルがバレた時だ」

皆、エレノアさんが普通にスライムからドロップしていないことには気付いている。だが、色々と予想はしているが、方法まではわかっていない。だから、エレノアさんに手出しができないのである。

皆、エレノアさんが謎の魔女すぎて怖いんだ。この恐怖がなくなった時がエレノアさんの最後だろう。

「こうなったら百億を目指しますか」

百億か。想像できん数字だ。

「そうだな。金の使い方に困ろう」

「わかりました。やりましょう！」

「おー！　よし、飲もう」

「はーい」

俺とカエデちゃんはオークションの経過を見ながらカエデちゃんが買ってきた惣菜をつまみに缶ビールを飲み始めた。


「先輩、見て、見て！　九億えーん！」

カエデちゃんが笑顔で自分のスマホ画面を見せてくる。でも、俺も見てるよ。

「カエデちゃん、ダイヤモンド好き？」

「好きー！　永遠の輝きー！」

メモメモ。

「しかし、金の使い方がわからんなー」

「十億稼ぐ人間がスーパーの総菜に缶ビールですもんね」

しかも、ボロアパート。安月給の社会人時代と変わらんな。

「でも、高いキャバ嬢のカエデちゃんがいるよ」

「お客さん、ドンペリ入れていい？」

「いくらでも入れな」

「わーい」

カエデちゃんは空になった缶を置くと、立ち上がり冷蔵庫に向かった。そして、百五十円程度

のカシスとビールを持って戻ってくる。

「はい、先輩」

カエデちゃんが俺の分のビールを渡してきた。

「あんがと。いやー、金って何に使うのかね？　カニは食べたぞ」

今まで庶民だったからさっぱりわからん。

「銀座のお寿司は？　ご馳走してくれるって言ってました！」

「おー！　それがあったね。今度行こうよ」

「やったー！」

しかし、ホント、食べ物ばっかだな……

「世間の人は何に使ってんだろ？」

趣味もないし、そんな余裕がなかったからいざ金が入っても何をすればいいかわからない。

「服？　アクセ？　車？」

そんなところかねー？

「服は買った。このシャツ、五万円！」

「うーん、似合ってるとは思いますが、思い切りの良さを感じませんね。もう一桁上げたら？」

服に十万以上もかけるの？　普通に防具を買った方が良くない？

「まあ、ファッションに興味があるかと言ったら微妙だしね。カエデちゃんのかわいい服を見てた方がいいよ」

今日のニットとか最高！　カエデちゃんは身体のラインがきれい！

「おっぱい見ながら言わないでくださいよ……この男、普通っぽいけど、だいぶ酔ってんな」

酔ってる、酔ってる。もう二桁目よ？

「冗談だよー」

「いや、普段もチラチラ見てるのは知ってますからね。女の子はわかるのです！」

そういえば、三枝さんにも気付かれた！　サングラスでもかけようかな……

「気を付けよーっと」

「まあ、別にいいんですけどね。先輩が喜ぶと思って着てきましたし」

カエデちゃんは平然とそう言うと、カシスをゴクゴクと飲む。なお、この子も二桁目に届きそうだ。

「カエデちゃんは今回のオークションでお金入ったら服とか買うの？」

「買うとは思いますけど、そんなに高いものは買わないでしょうね」

「バッグとかは？」

「すでに五千万円のバッグを持っています」

そういえばそうだ。

「うーん、アクセかー……」

「時計でも買ったらどうです？　先輩、着けてませんよね？」

「腕に余計な物を着けたくない。剣を振る時に感覚が鈍る」

ふっ。

「剣豪みたいなことを言いますね。昼間から飲んでるくせに」

それを言っちゃあダメだよ。

「気分的な話だよ。実際は腕時計をしたところで影響はないよ」

ちょっとかっこつけただけだし。

「じゃあ、車は……免許を持ってましたよね？」

「ペーパーだからなー」

どっかで練習できるのかね？

「大金を手に入れて、さあ使えってなっても急には出てきませんね。男性だったら女性に使うのはどうです？　それこそキャバクラとか？」

うーん、キャバクラねー……

「会社に入りたての頃に会社の先輩に連れていってもらったことがあるわ。結構、高いところ」

「どうでした？　皆、きれいでした？」

嫉妬……ではないな。単純な興味だろう。カエデちゃんなんか行くことないだろうし。

もし、行くとしても客ではないだろう。その時は毎日、指名しよう。

「きれいだったし、華やかだったよ。でも、何を話せばいいかわからなかった」

「あー……先輩、人見知りというわけではないですが、あまりしゃべらないですもんね」

まあな。

「カエデちゃんとはしゃべれるけどね」

「いや、最初はまったくしゃべっていませんでしたよ。寡黙な人って思ってましたもん」

まあ、間違ってはいない。俺は話しかけられないとしゃべらないもん。

初対面の人にこっちから声をかけることはほぼない。

「そんな俺がキャバクラに行ってもね。あれって話したい人が行くところだよ」

女と言えば、あとは風俗……うーん、やめとこ。

「ですかー……そっち方面はダメそうですね」

「そもそもカエデちゃんがいるしねー。お前と話してた方が落ち着くし、心が癒される」

「私、愛されてるなー！　心はどうです？　病みは治りました？」

「多分、癒えたね。最近は夜中に起きることもないし、ご飯も普通に食べれる」

昔は休みの日に一食も食べないことがあった。

「……先輩、あなたは頑張ったんです。そんなあなたに神様が錬金術をくれたんです」

カエデちゃんが慈愛の笑みを浮かべながら優しく言う。

あ、やべ、泣きそう。

「カエデちゃんが天使に見えてきたわー。抱きつきたい」

俺がそう言うと、カエデちゃんがカシスをグイグイっと飲み、缶を床に置いた。そして、以前に俺がやったように腕を広げる。

「今なら、フリーハグです！」

ビールを床に置くと、無言でカエデちゃんを抱きしめた。

「うーん、無言は怖いです」

「ごめん、ごめん」

正直に言うと、このまま押し倒したい。多分、カエデちゃんも拒否はしないだろうが、この部屋はなー……

「先輩、お金はありますが、無理に使うのはやめましょう。使いたくなったら使う、でいいじゃないですか」

カエデちゃんがそう言って俺の背中をさすってくる。

「それもそうだね。寿司に行こう」

「そうしましょう。お寿司でも焼肉でもいいです。好きなものを食べて、好きに生きてください」

それがいいね。

「カエデちゃんもそうしなよ」

「そうします。お金は一銭も出しません」

「お金ならいっぱいある」

九億だぞ！　二つで十八億円！

「そうですね……じゃあ、そろそろ離れてください」

「もうちょっと」

「フリーハグタイムは終わりです」

「十八億円あげるから」

「いや、トイレに行きたいんで、マジで……」

実は俺も行きたい。飲みすぎてトイレが近いわ。

すぐにカエデちゃんに抱きつくのをやめる。すると、カエデちゃんは俺から離れ、トイレに行ってしまった。

カエデちゃんがトイレから戻り、俺もトイレに行って戻ってくると、再びオークションを見ながら騒いだ。


尿意を感じ、目が覚めた。

「いたた、まーた潰れて寝たのか……」

布団じゃないところで寝ると、あちこちが痛いわ。

さっき、腕時計をつけると腕の感覚が鈍るってかっこつけて言ったけど、床で寝たから腕が痛い……あかんね。

上半身を起こし、トイレに行こうとする。だが、すぐそばでカエデちゃんが膝を抱えてスマホを見ていることに気が付いた。

「あ、カエデちゃんは起きてたの？」

「いえ、潰れてました。さっき起きて、トイレから戻ってきたところです」

そういえば、カエデちゃんが先に寝た気がする。俺もちょっとだけ横になろうと思い、寝てしまったのだ。

「ふーん、今何時？」

「二時ですね」

まだ夜だったか。

「ちょっとトイレに行ってくるわ」

テンションの低いカエデちゃんが気になったが、まずは尿だと思い、立ち上がりトイレに向かう。トイレを終え、部屋に戻るとカエデちゃんはまだ膝を抱えてスマホを見ていた。

「どうしたの？　何かあった？」

さすがに様子が変だと思い、聞いてみる。

「先輩、今日……というか、昨日は何の日でした？」

「あ、オークションか！」

俺はすっかり忘れていたと思い、スマホを開いた。今は夜中の二時のため、当然、オークションは終わっている。

オークションサイトを開き、落札額を確認した。

「いち、じゅう、ひゃく、せん、まん……」

……値段は十二億四千五百万円だった。

「もう十億を超えたら一緒だな……」

落札額を確認し、ポツリとつぶやく。

「ですねー……なんでこんなに高いんですかね？」

「知らね。今度、サツキさんに聞いてみようぜ」

「そうしましょう」

「うーん、どうする？　飲む？　寝る？」

頭が回っていないし、とりあえず寝た方がいいと思う。

「うーん、寝ましょう。私は帰ります。明日は引っ越しがあるし」

そういえば、俺も片付けとかがあるわ。

「でも、電車ないでしょ」

「駅でタクシーを捕まえますよ」

こんな時間にカエデちゃんを一人で行かせるわけにはいかんな。

「じゃあ、駅まで送っていくよ。カエデちゃんはかわいいから危ない」

カエデちゃんの頭を撫でる。

「えへへ、じゃあ、お願いします」

俺とカエデちゃんは酔い覚まし用の回復ポーションを飲み、家を出て駅に向かう。この時間になると、さすがに人が少なかったが、駅に行くまでに偶然、タクシーを捕まえることができたので、カエデちゃんを乗せた。

「先輩、送ってくれてありがとうございました。また明後日に話しましょう。新居で待ってますんで」

タクシーに乗ったカエデちゃんが頭を下げた。

「うん。じゃあ、新居でね」

「はい。おやすみなさい」

「おやすみー」

手を振ると、タクシーの扉が閉まり、行ってしまった。

家に戻ると、風呂にも入らずに寝ることにした。

第四章 ―― Chapter 4

翌朝、前日に飲んだ回復ポーションのおかげで二日酔いにならなかった俺は、早めに起き、風呂に入った。そして、朝食を食べ、最後の片付けを始めていく。

俺はメッセージアプリで連絡を取りながら四年間住んだ部屋を片付けていた。

相手はもちろん、カエデちゃん……ではなく、ナナポンだ。

『十二億です！　十二億ってヤバくないです⁉　しかも、それが二つです！』

昨日、オークションが終わった直後にこれが届いていた。朝起きてこれに気付き、返信しているのだ。

『そうね。あなたの取り分は二億四千万円。とりあえずは貯金しておきなさい』

なお、返信するのは当然のようにエレノアさんである。エレノアさんじゃないと、すぐにチェンジされるのだ。

『時計屋なうｗ』

あ、こいつ、もう買う気だ……気が早いなー。せめて、金を受け取ってからにしろよ。

『お金がまだないでしょ』

『八十万あります。でも、足りません。今日は下見にしておきます』

俺があげた百万のうち、すでに二十万も使ってるし……こいつ、大丈夫か？

『怪しまれるから急にお金を使うのはやめなさい』

これを送ったのだが、そこから既読もつかずに返信が来なくなった。俺はダメだこりゃ、と思いながらも掃除を再開する。

スマホを置き、そのまま掃除を再開すると午前中でほとんどの掃除を終えてしまった。あとは冷蔵庫などをしまえば、引っ越し準備は終わる。

「物がないから思ったより早かったな……」

どうしよう？　もう引っ越せるな……でも、明日は大家さんが来るし、やっぱり今日はここで過ごすかね。

「買い物でも行くかー……」

大家さんやお隣さんに渡す菓子折りでも買いに行こうかな？

昼ご飯を食べに行くついでに買い物でも行こうと思い、掃除用のジャージから外行きの服に着替え始める。すると、ピコーンとスマホが鳴った。エレノアさんのスマホだし、カエデちゃんではなく、ナナポンだろう。

まさかもう買ったのかと思い、スマホを見る。

「……ハァ。あほ」

スマホを見て、思わずため息が出た。

『すみません……変な人達に捕まっちゃいました。エレノアさんを呼べって言ってます。場所はダイアナ鉱山です。日本語が片言だし、外国人だと思います。本当にごめんなさい』

エレノアさんとナナポンの繋がりがどこでバレた？　というか、ナナポン、透視はどうした？
まあ、いきなり襲われたら無理か……

「誘拐かー……」

それにしても、なんでナナポンからメッセージが来るんだ？　こういう場合は普通、誘拐犯から連絡が来ないだろうか？

……いや、外国人か……日本語がわからないからナナポンがメッセージを打っているのかもしれない。

「うーん、片言って言ってるし、ありえるな」

そうなると、クレアとハリーじゃないな。あいつらは流暢だし、普通に日本語の読み書きもできるはずだ。以前、連絡先のメモをもらったが、それは日本語だったし。

「まあ行くか。見捨てるわけにもいかんし……しかし、ダイアナ鉱山ねー」

ナナポンがそこに行けるのはわかるが、片言の外国人がギルドに行ったの？　無理じゃない？

『どういう状況？　あなたもそこにいるの？』

これを送ると、すぐに返事がきた。

『歩いていると、いきなり車で攫われました。そして、今、ギルド前の車の中です。これからダイアナ鉱山に行きます。これが最後の連絡です。いいから来い、だそうです』

ふーん……わからん。まあ、いいや。

沖田君の服を着るのやめ、カバンからＴＳポーションを取りだし、飲んだ。そして、黒ローブを着こみ、洗面所に行ってカラコンを着ける。

「救出は王子様じゃなくて魔女かー……まあ、ナナポンはそっちの方がいいわな」

準備を終えると、スマホを操作し、とある人に電話をする。

『もしもし？』

電話に出たのはギルマスであるサツキさんだ。

『あー、サツキさん？　今、ちょっといいかしら』

『んー？　エレノアか？　何の用だ？　あ、昨日はウハウハだったなー！』

サツキさんもオークションの十二億円に興奮しているようだ。

『その話はまた今度ね。実はナナカさんが攫われちゃったみたい』

『は？　ハリーとクレアか？』

『いえ、多分、その二人ではないわね。詳しくはそっちに行ってから話すわ。それとナナカさんがフロンティアに行ったと思うけど、一人だったかどうかの確認をおねがい』

『よくわからんが、わかった。カエデも呼ぶか？』

『ダメ。あの子は忙しいの』

とても大事なことをしている。そう、同棲の準備！

『ケッ！』

サツキさんが電話を切った。

「本当に心が狭い人ねー……」

　サツキさんに呆れたものの、急いだ方がいいと思い、ギルドに向かうことにする。いつものように透明化ポーションを飲み、透明になると適当な場所で透明化を解き、タクシーを捕まえた。タクシーに乗り込み、スマホを操作して、今度は違う人物に電話をする。

『はーい？　どうしたのー？』

「こんにちは。あなた、今どこ？」

　クレアが陽気に電話に出た。

『おたくが所属しているギルドの前よ』

「変な車がなかった？」

『黒塗りの高級車が止まっているわね。そこから女の子が出てきた』

　それだな。

「ちょっとお願いがあるんだけど、いいかしら？」

『いいわよ。でも、条件がある』

「ふふっ、アイテム袋？」

『そうよ！　十二億って何⁉　アホか⁉』

　アイテム袋を落札したのは日本の企業とイギリスの大富豪らしい。残念ながらクレアは落札できなかった。

「もっと頑張りなさいよ。出せるでしょ」

『あなたが次も出すって言わなかったら引く気はなかったわ』

あらら、余計なことを言っちゃったみたいだ。

「手伝ってくれたら十億で売ってあげる。もしくは二千キロを三十億ね」

『二千⁉　あなたは際限がないの⁉』

「一万にいっとく？　十トンね」

いくらになるんだろ……

『……マジで言ってる？』

「冗談に決まってるじゃない。在庫は千キロが一個。これをオークションにかけずにあなたに売りましょう」

『十億ね……わかったわ。買う』

手数料を考えれば十億で十分だろう。

「じゃあ、よろしく。今からそっちに行くから待ってなさい。あ、裏口ね」

『わかったわ』

スマホを切ると、カバンにしまった。

「すごい会話でしたねー」

タクシーの運ちゃんは苦笑いを浮かべながら言う。

「漏らしちゃダメよ。世間がうるさいから」

「言いませんよ。もし、噂が広がったら私だってわかるじゃないですか」

「小林さん、ね。バラしたら呪うから」

メーターの上にある運転手の名前を読み、脅す。

「しませんって。こっちもプロなんでね……あの、本当に呪えるんです？」

できねーよ。

「ふふっ、ハゲちゃう？」

「絶対に嫌です」

だろうね。俺も絶対に嫌。


ギルドに着いて、クレアと軽く話し、すぐに支部長室にいるサツキさんのもとに向かった。

「うーん、ナナポンがねー……お前、エレノアの姿であいつに会ったか？」

スマホのメッセージを見せ、事情を説明すると、サツキさんが聞いてくる。

「一度、タクシーで送ろうとしたぐらいね。ほら、例の誘拐事件の時」

「その時に見られたか？」

「それだけで私とナナカさんが親しいとはわからないわよ。多分、別の線ね」

たかがタクシーに一緒に乗ろうとしただけで誘拐はしないだろう。

ハリーとクレアにも言ったが、同じギルドにいる数少ない女性同士が相乗りすることだってあるし、いくらなんでも強行的すぎる。

「別の線？　何か思い当たる節でもあるのか？」

「ナナカさん、昨日の今日で時計を見にいったらしいわ。しかも、あげた百万円のうち、すでに二十万円も使っている」

百万円をあげてからまだ十日も経っていない。

「あー……たかが大学生が急に金回りが良くなったわけか。しかも、エレノアと同じギルドに所属している奴が……そら、怪しい」

「元々、私と同じ昼間にしか来ない子だしね。まあ、その辺りでしょ」

「その辺を注意するように言えばよかったな」

「私もカエデちゃんも言ったわよ。でも、ダメだったみたいね。さすがに二億で浮かれた様子だったし」

気持ちはわかる。俺だって、昨日、カエデちゃんと浮かれまくったし。

「とんでもない額になったしなー」

「そうね。まあ、良い薬でしょ。今後は注意すると思うわ」

誘拐されたらさすがに自重するだろ。

「今後ね……あるといいな」

こら、ナナポンを殺すな。

「すぐに助けるわよ。どこぞの誰か知らないけど、剣の錆にしてあげるわ」

「まあ、ほどほどにな。私も行こうか？」

邪魔。

「私一人で来いとは言われなかったけど、大丈夫よ。あなたはオークションの仕事があるでしよ」

「Aランクの実力を見せてやろうと思ったのに……」

嘘でも『私もナナポンを助けたい』って言えや。

「とにかく余計なことはしないで。それよりもナナカさんは一人だった？」

「らしいぞ。一人で来て、一人でダイアナ鉱山に向かったそうだ」

一人ねー。

「クレアみたいなユニークスキル持ちかしらね？」

「多分、そうだろう。姿を消せるとかか？　お前のポーションみたいに」

「それでしょうね。裏口からの侵入は？」

「ない。警備員も誰も通ってないって言うし、防犯カメラも不審な人物は見つかっていない」

やはり何かあるな。

「前にもこんなのがあったわね」

「ステータスカードの保管室に侵入された空き巣事件な。私もそれと同一犯だと思う」

間違いないだろう。

「このことは上とやらに報告するの？」

「相手次第だな。とりあえずは保留」

これは報告する気がないな。まあ、報告したら空き巣のこともバレるか。

俺が無事にナナポンを救ってくれれば問題ないわけだ。

「了解。じゃあ、捕らわれのナナポン姫を救ってくるわ」

「お前、随分と余裕だな」

「目的はわかってるしね。それに最悪は首ちょんぱよ」

「人質になっているナナポンは？」

「惜しい人を失くしたわ」

何が大事で、何を切り捨てるか……

俺にとって大事なのは金とカエデちゃん。ナナポンはその次だ。

「お前はヒーローにはなれんな」

「魔女に何を言っているの？　あと、今はヒロインね」

「まあ、できたらナナポンも救ってやってくれ」

サツキさんが俺の剣と杖と刀を渡してくる。

「そうするわよ」

待たせたら悪いと思って、剣と杖をカバンに入れると、刀を収納し、立ち上がった。

「じゃあ、報告を待ってて。首いる？」

「いらない。早く行け」

支部長室を出ると、受付の中を抜け、受付を通さずにまっすぐゲートに向かった。今日はカエデちゃんがいないし、サツキさんから許可を得ているのだ。

ゲートの前に来ると、立ち止まり、一度、大きく息を吸い、吐く。

そして、ゲートをくぐった。

ゲートをくぐると、いつもの岩山に囲まれた薄暗い平地だった。ここに冒険に来る時はいつもナナポンが先に来て、エレノアさんを待っている。そして、笑顔で駆け寄ってきていた。

だが、今日は違う。小屋の前にいるのはナナポンでなく、黒ずくめのスーツにサングラスをかけた怪しい男である。

その男はズボンのポケットに手を突っ込み、ぼろいテーブルの前に立ち、俺を見ていた。

「お前が、エレノア・オーシャン、か？」

ナナポンがメッセージで言っていたように確かに日本語が少し変だ。

「母国語でどうぞ。わかりますし、通じるでしょう？」

俺は翻訳ポーションを飲んできているのだ。

「またその言葉か……動画でもそうだったが、直で聞くとより一層、気持ちが悪いな」

男は流暢な言葉でひどいことを言ってきた。ただ、何語かはわからない。

「気持ちが悪いは傷付くわね。お母さんにレディーに対する言葉遣いを習わなかった？」

「習ってないな。そんなものは必要ない」

ダメだわー。これはモテませんわ。

俺みたいに紳士にいかないと！

「寂しい人……」

「くだらないおしゃべりをするために呼んだわけではない」

「だったら用件を早く言いなさいな。私も暇ではないの」

買い物に行かないといけない。そして、あの家とのお別れパーティーをするのだ。

「アイテム袋を作る方法を教えろ」

「輪ゴムで作れるわね」

「ふざけているのか？」

実は本当だったりする。

「ふふっ、アイテム袋の作り方と言われても困るわよ。そんなものは知らないし」

「では、あのアイテム袋はどうしたものだ？」

「公表してるわよ。ス・ラ・イ・ム。ふふっ」

バーカ。

「……答える気はないようだな」

いや、もう答えてる。輪ゴムが正解。まあ、誰も信じんわな。

俺だって、いまだにもっと他にあっただろうって思ってるもん。

「どうして見返りもなしに答えないといけないの？」

「こっちには人質がいる」

「いないわよ？　あなた一人じゃないの。死んだ？　殺した？」

ナナポン、生きてるー？

「おい！」

男は小屋を向くと、声をかけた。すると、小屋の裏から布で猿轡をされ、縄で拘束されたナナポンがこの男と同じようなサングラスに黒いスーツの男にしょっ引かれて現れる。

「あら？　まだ生きてたのね」

「人質は殺さん。お前が素直だったらな……」

「優しい。私ならどっちみち殺すわ」

そう言って、ナナポンを見る。

ナナポンを見るに特に暴行された跡は見えない。まあ、ナナポンも抵抗はしなかったのだろう。

ナナポンは涙目を浮かべ、俺を見ていたが、ふいに視線を左に向けた。ナナポンの視線の先をチラッと見たが、そこには何もない。

「こいつを殺されたくなければ吐け」

ナナポンを拘束している男がナイフを取り出し、ナナポンの首に当てる。

「なんで私がその子のために動かないといけないの？」

「こいつがお前の仲間であることはわかっている。たかが学生のガキがこんなに金を持っているわけがない」

男はそう言いながらポケットから札束を取り出した。

ナナポンの八十万円だろう。

「ふーん……実はそうなの。その子にちょっとお手伝いしてもらっててね。その代わりにオークションのあがりの一割を渡すことになってるの。だからその子が死ねば、二億を渡さなくても済むわ」

「ふん。こいつがお前の弟子なことは聞いている」

ナナポンはすぐにバラすなー。

「弟子？　ああ、弟子。ナナカさん、魔女になりたいのよね？」

そう聞くと、ナナポンが必死にうんうんと頷く。

「弟子みたい。やっぱり殺さないであげて」

魔法じゃなくて、金儲けの弟子だけどね。

「だったら言え」

「あー……ごめんなさい。ちょっと待ってくれる？」

話を切った。

「待つ？」

「モンスターが出たみたい」

「……そんなものはいないが？」

男は周囲を見渡す。

「あなたは外国人だから、ここのことを知らないものね。ここにはハイドスケルトンっていうモンスターが出るの」

「なんだそれ？　スケルトン？　骸骨か？」

「そうそう。しかも、透明で見えないの。それがそこにいる。話の邪魔だから処分するわね」

そう言うと、カバンから剣を取り出し、先程、ナナポンが視線で教えてくれた方向に踏み込んだ。

「――ま、待て!!」

男が慌てて俺を止めるが、俺の剣は止まらない。

俺の剣は不自然に地面の砂が動いていた場所に向けて振り下ろされた。

俺の手には明らかに骸骨ではない肉を斬った感触が残り、血しぶきが舞う。

そして、振り下ろした剣の先で男が倒れた。

「あら？　誰？　ハイドスケルトンじゃなくてハイド人間？　まあ、モンスターよね」

じゃあ、問題ないね！

「き、貴様ーッ！」

男が怒っている。

「んー？　もしかして、お仲間さんだった？」

倒れている男は他の男と同じくサングラスに黒スーツだ。どうやらハイドスケルトンかと思って斬ったら人だったようだ。

間違えちゃった。てへっ。

「こいつを殺すぞ！」

ナナポンを拘束している男がナナポンの首をかき切るためにナイフを立てた。

「いや、そう言われても、私は悪くなくない？　ハイドスケルトンが出るようなところで透明にならないでよ。誰だってモンスターだと思うわ」

仕方がないねー。

「クソッ！　何でわかった⁉」

「この人、ヘタクソね。音を出さないようにすり足をするのはいいけど、こんな外でやるのはアホよ。地面の砂が不自然に動いているもん。きっとドシロウトね」

せめて、俺の後ろに回れや。

「チッ！　だからあれほどスキルに頼りすぎるなって言ったのに！」

それは確かにそうだ。俺も気を付けよう。二つしか持ってねーけど。

「まあまあ。それで？　何の話だっけ？」

「チッ！　剣を地面に置け。そのアイテム袋もだ」

「どうしようかなー？」

器用に剣をくるくると回す。

「弟子を殺すぞ」

「それは怖い。私の大切な弟子なの。おねがい、弟子にだけは手を出さないで」

かつて、ナナポンに鬼呼ばわりされたセリフを言う。

「だったら剣とアイテム袋を置け」

「仕方がないかー……」

剣を地面に置くと、肩にかけているカバンも置く。

「五歩下がれ」

「五歩でいいの？　誤差よ？」

一気に飛んで剣を取れる。

「バケモノめ！　十歩下がれ」

言われた通り、前を向いたまま、後ろに十歩下がる。

「これでいい？　魔法とかあるかもよ？」

ないけどね。

「……両手を後頭部に置け」

言われた通り、両手を後頭部に持っていった。

「これでいい？　弟子を放してよ」

「ダメだ。貴様は何をするかわからん」

「そんなわるーい魔女にこんなことをして、無事に済むと思っているのがすごいわ」

食べちゃうぞ！

「黙れ！」

「怖いわー」

「クソッ！　アイテム袋の出所を言え！」

こだわるなー。

「買えばいいのに」

「お前を本国に連れて帰れば、タダで手に入る」

誘拐する気なのか……

「実はなーにも知らないって言ったらどうするの？」

「それはない。貴様は絶対に何かある。ほら、言え！　本当に弟子を殺すぞ！」

「やめて」

ナナポンがかわいそう。

「十秒待ってやる」

「十秒もいらないわねー」

「だったら言え！」

「言わなーい」

というか、もう言ってるというね。

「は？　ふ、ふざけるな！　おい、その女を殺せ！」

「誰が殺すの？」

笑いながらナナポンの方を見る。

「は？」

男は俺の視線に釣られて、後ろにいるナナポンの方を見た。

「――なっ⁉」

男はナナポンを見て驚愕する。何故なら、ナナポンを拘束していた男は倒れ、代わりに金髪の女がナナポンを支えていたからだ。

「私は殺さないわね。魔女の報復が怖いし。あとアイテム袋が欲しいし」

ナナポンを救ったのはクレアである。クレアはユニークスキルである認識阻害で密かに男達の背後に回っていたのだ。

「ク、クレア・ウォーカー!?　やはりアメリカと繋がっていたか!!　クソ！　もはやこれまで！」

男はそう言うと、ナイフを出し、俺に向かって走ってきた。

「魔女め！　こちらの手に落ちないなら死んでしまえ！」

男がナイフを向けて走ってきているが、俺は両手を後頭部に置いたまま、待つ。

「やめた方がいいわよー」

「黙れ！　死ね！」

男が俺が置いた剣やアイテム袋を跨ぐと、俺は両手を後頭部から離した。そして、右手をローブのフードに突っ込む。

「あとで回復ポーションをあげるからね。寝てなさい」

「死ね！　魔女ー！」

男が俺の間合いに入った。

その瞬間、俺はフードの中から刀を取り出し、男の肩に向けて振り下ろす。

「なっ⁉　クソ！」

男は俺が出した刀にびっくりし、俺の振った刀をナイフで受けようとする。

「ばーか！」

俺が振り下ろした刀は男のナイフをバターのように斬り、そのまま肩に向けて斬り下ろした。

「――ガハッ！」

男はこけるようにその場に崩れ落ちる。

「そんなもんで受けられるわけないのにねー。どう思う？　ハリー？」

誰もいない右隣を見る。

「チッ！　やっぱり気付いていやがったか」

誰もいない私の右隣からハリーが現れた。

「そりゃね。でも、ありがとう。一応、守ってくれたのよね？」

「一応な。まったく出番がなくて悲しいぜ」

「でも、悪い子ねー。クレアの認識阻害が他人にも使えることを言わなかった……ふふ」

笑いながら刀についた血を見る。

「怖いぞ……まあ、聞かれなかったからな……っていうか、言わねーよ」

まあ、そうだろう。

「拭くものない？　私の高い刀が汚れちゃう」

五十万円もしたのに。

「ねーよ。ポーションで洗え」

「そうするかな……」

フードからレベル1ポーションを取り出し、刀にかけた。すると、刀についた血があっさりと洗い流される。

これは俺の実験でわかっていることである。ポーションで洗濯や洗い物をすると、すごく汚れが落ちるのだ。

「もったいねー」

「あなたが言ったことでしょ」

そう言って、きれいになった刀をフードにしまう。

「それ、どうなってんだ？　仕込み刀か何かか？」

「ふふっ、内緒。魔女の魔法とでも思っておいて」

正解はフードをアイテム袋にしてあるだけ。かっこいい仕込み刀ができたと喜んでいたが、代わりにフードを被れなくなった。まあ、使い道があったので良しとしよう。

剣とアイテム袋を置いた場所まで歩くと、剣をカバンに入れ、カバンを肩にかける。

「こいつらは生きてるか？」

ハリーが聞いてくる。

「生きてるわよ。手加減してあげたもの」

殺すなら首を刎ねるか、胴体を真っ二つにする。

「でも、虫の息だな」

まあ、出血量も多いし、放っておけば死ぬ。

「これをあげるわ」

カバンからレベル２の回復ポーションを二つ取り出し、ハリーに渡す。

「これは？　レベル２か……」

まあ、ハリークラスなら知っているだろう。

「二つで八百万ね。死んじゃうかもだし、使ってあげたら？」

ハリーにそう言い残すと、いまだに猿轡と縄で拘束されているナナポンのもとに行く。なお、クレアはナナポンの後ろに回って何かゴソゴソしていた。

「何してるの？」

二人のもとに行くと、クレアに声をかける。

「こいつら、本当にドシロウトよ。ひどい結び方をしてる。小娘を拘束するのにこんな必要ないっての！」

どうやらクレアはナナポンの縄を解こうとしているらしい。だが、悪戦苦闘している。

「どきなさい。私が簡単に解いてあげるわ」

そう言って、アイテム袋から剣を取り出した。すると、ナナポンが涙目で必死に首を振る。

「よしなさいよ。めちゃくちゃ怖いっての」

クレアがそう言うと、ナナポンが何度も首を縦に振った。

「ナイフとか持ってないの？」

「銃ならある」

「ダメね」

もっとないわ。そもそもフロンティアでは使えない。

「よし！　こんな感じ！」

俺が剣をカバンにしまっていると、クレアが縄を解くのに成功したようだ。

縄が解け、自由になったナナポンはすぐに口から猿轡の布を取り、俺に抱きついてきた。

「エレノアさーん、ごめんなさい……助けてくれてありがとうございます」

ナナポンが泣きながら謝罪と感謝の言葉を言ってくる。

「助けたのは私じゃない？　そいつはニヤニヤしながら敵を斬ってただけじゃん」

ニヤニヤはしてない。それ、ガチでヤバい奴だろ。

「怪我はない？」

ナナポンの頭を撫でながら聞く。

「ぐずっ……はい、大丈夫です」

「まあ、詳しい話は後で聞くわ。ここには部外者がいるし」

クレアをじーっと見る。

「部外者って……私が一番貢献したのにひどいわね」

まあ、そうだ。ナナポンを助けたのはクレア。でも、ナナポンの透視のことがあるからここで

は話せないのだ。

「そういえば、そいつは？」

倒れている男を見る。ナナポンを拘束していた男だ。

「殺したわよ。下手に生かせるような状況じゃなかったしね」

「音もなく倒した時はびっくりしたわ」

マジでビビった。音もなく、流れるように倒すんだもん。

タクシーでケンカしなくて良かったわ。

「何を今さら……私のスキルを見たでしょ。暗殺術があるの」

そういや、あったね。しかも、レベル４。

この女、怖いわ。

「お！　そっちの嬢ちゃんも無事みたいだな！」

ハリーもこっちにやってきた。

……俺があげた回復ポーションを持って。

「あなた、あっちの二人は？」

向こうでいまだに倒れている二人を見ながら聞く。

「ん？　トドメを刺した」

ハリーがあっけらかんと言った。

「私はどうでもいいけど、情報とかを仕入れるために生かしておかなくてもいいの？」

尋問とか色々あると思うんだけど……

「一人いればいいだろ。回復ポーションがもったいない」

「一人？」

すぐそばで死んでいるその一人を見下ろす。

「あれ？　死んでね？　おい、クレア！」

「なんで私が責められるのよ！」

こいつら、マジでひどいな……アメリカのエージェント教育はどうなってんねん。

しかし、これにより、敵の情報がまったくわからなくなってしまった。

「まあいいだろ。この練度から見ても下っ端だろうし、表の車の中を探せば何か見つかる……と思う」

ハリーはまったく気にしていないようだ。

「それでいいの？」

ハリーはダメだと思い、クレアに聞いてみる。

「良くはないわね。仕方がないから適当なことを言って誤魔化すわ。自害したってことにする」

「好きにすればいいけど……」

サツキさんに何て言おうかな？

「あのー、この死体はどうするんです？」

泣き終え、普通の状態に戻ったナナポンがクレアに聞く。

「このままね。どうせそのうち消えるし」

ん？　消える？

クレアの言い方が気になったが、墓穴を掘りそうなので黙っておくことにした。

「消えるって何です？」

俺が黙っていると、ナナポンが聞いてくれる。

「そのまんまよ。フロンティアではモンスターが消えるでしょ？　それと同じなのかはわからないけど、人間も死んだら煙のように消えるの。ただ、人間の場合はちょっと時間がかかる。理由は不明」

なんか怖いな。

「なんか怖いですね」

意見が合った！

「まあね。でも、今回みたいな場合は便利よ。めんどくさい死体を処理できるんだから」

そういう意味で考えれば、フロンティアで人を殺しても証拠が見つかりにくいわけだ。

危ないな。

「そんなことはどうでもいいけど、ウチのギルマスには何て言えばいいのかしら？」

この話題はちょっとマズいので話題を変えることにした。

死体が消える理由とかを聞かれたら嫌だし。だって、俺も知らねーもん。

「そのまんま言っていいわよ。この問題はどちらかというと、あなた達のものだしね。私達の仕事はあなたの護衛。無事に守りましたって報告するだけよ」

「その辺をギルマスに話してくれない？　あの人、隠蔽したがっているっぽいし」

めんどくさいし、サツキさんに任せよう。

「は？　隠蔽？　なんでよ？」

「ほら、前にギルドに侵入者が入ったって言ったでしょ？　多分、犯人はこいつら。でも、それを報告すると、ギルドに侵入者を許したギルマスの責任問題になるらしい。私としても今後のことを考えると、あの人が必要なのよ。他の人は信用できない」

サツキさんは信用できる。

カエデちゃんの元パーティーリーダーで信用をカエデちゃんが保証しているからだ。変なことはしないだろうし、何より、カエデちゃんを裏切るようなことをしない。

「ふーん、まあ、いいけど、私達の上司には報告するわよ？」

「それは仕方がないでしょうね」

こいつらはそれが仕事だ。

「まあ、わかったわ。あなたにはアイテム袋を売ってもらうわけだし、回復ポーションのこともある。悪くは言わないようにする」

「おねがい」

サツキさんがいなくなると、さすがにエレノアさんも撤退しないといけなくなるし、あの人にはもうちょっと頑張ってもらおう。

「ん？　おい、クレア！　アイテム袋って何だ⁉」

　ハリーがアイテム袋に反応した。

「千キロのやつを売ってもらうのよ。それでお手伝いしたの」

「ハァ⁉　聞いてねーぞ！　俺にも権利はある」

「あんた、十億円も持ってんの？」

「…………」

　ないんだね。無念。

「じゃあ、私らは戻ってギルマスさんと話してくるわ。さすがに受付を通してないし、さっさと帰らないと……人に見られるとマズい」

　この二人は有名人だしな。ネットとかでつぶやかれるとマズいだろう。

「あ、回復ポーションのことがあるから近いうちに連絡するわ」

「そうね……ごめんなさい、もうちょっと待ってくれる？　一度、国に戻るからその後で。お金がね……」

　十億円も払うわけだしな。

「わかったわ。じゃあ、連絡をちょうだい」

「そうするわ。じゃあね。ほら、ハリー、行くわよ」

「クソッ！　今度から金を貯めねーと」

「あんたはどうせ無理よ」

二人は軽口を言いながらゲートをくぐり、帰っていった。

あ、ハリーの奴、回復ポーションを持ったまま帰りやがった。うーん、でもまあ、あげるって言っちゃったし、仕方がないか……ケチな魔女って思われるのも嫌だし。

「私達も帰りましょうか？」

俺は二人がいなくなると、ナナポンに聞く。

「そうですね……あの、今日は本当に迷惑をかけてごめんなさい。今後は気を付けます」

ナナポンが頭を下げた。

「気にしないでって言いたいけど、お金のことは気を付けなさいね。友達にも言ってはダメよ？」

「はい、身にしみてわかりました……それとありがとうございました」

ナナポンが今度はお礼を言ってくる。

「いえいえ。雑魚で良かったわ」

「私にはまったくわからないんですけど、雑魚だったんですか？」

「私に挑んできた時点で雑魚よ。実力差がわからないなんてね。あの男はまっすぐゲートに逃げるべきだった。まあ、どっちみち、ハリーが逃がさないでしょうけど」

剣がなければ勝てると思ったのがバカだわ。こちとら魔女で有名なのに。

本当は魔法を使えないけどね。

「そうですか……私も強くなれますかね？」

「大丈夫でしょ。あなたは魔法が使えるしね。一緒にレベルを上げて頑張りましょう」

「……はい！」

　ナナポンが明るく笑った。

「じゃあ、帰りましょう。あなたは先に帰ってちょうだい。私もサツキさんに話しておくから。あ、タクシーで送ろうか？」

「いえ、大丈夫です。一人で帰れます」

「本当に大丈夫？」

「大通りしか歩かないようにしますから大丈夫ですよ。それに今度は透視で警戒します」

　まあ、さすがに大丈夫だろう。

「じゃあ、気を付けてね」

「はい。あ、すみません、引っ越しの準備だったのに」

「それは気にしないで。もうほぼ終わったから。明日からカエデちゃんと住む」

「……よかったですね」

　ナナポンがちょっと引いている。

「……何よ？」

「いえ……じゃあ、私は先に帰ります。また打ち上げをしましょう」

「そうね。また連絡するわ」

「はい。今日はありがとうございました。では」

ナナポンはそう言ってゲートをくぐり、帰っていく。

少し時間を置くことにし、しばらくしたらゲートをくぐり、ギルドに戻った。

ギルドに戻ると、サツキさんのもとに向かう。ノックをし、部屋に入ったが、先に行っていたハリーとクレアはいなかった。

「おっ！　戻ったか」

サツキさんの部屋に行くと、サツキさんが声をかけてくる。

「ハリーとクレアは？」

「ちょっと話して帰ったぞ」

早いなー。

「結果は聞いた？」

「ああ、聞いた。ナナポンが無事で良かったな」

「まあね。たいした相手ではなかったわ」

雑魚だったわ。

「ハリーは相当な使い手って言ってたぞ」

「雑魚よ、雑魚。ハリー達やあなた以下だったわ」

「私は元だが、あいつら、Ａランクなんだが……」

「だから何よ？」

俺に勝てると思ってんの？

「……まあいい。しかし、本当に透明になったそうだな？」

「そういうユニークスキルでしょうね。ナナカさんが一人でフロンティアに行ったということやこの前の空き巣事件で想像がついていたわ」

誰にも見られていないということはそういうことだろう。

「だな。誘拐犯の誰かが持っていたユニークスキルだろう。しかも、三人いたんだろ？　自分だけでなく、他人も透明にできるスキルということだ。厄介だな……」

クレアの認識阻害もそうだったが、自分だけでなく、他の人間もスキルの対象なのは脅威だ。

「死んだから大丈夫だと思うけどね」

「まあな。一応、今度、ナナポンには気を付けるように念を押しておく。お前も気を付けろ。ユニークスキルは想像以上に厄介だ」

「そうね。自分で言うのもなんだけど、ユニークスキルは常識外すぎる」

透明になるスキルにナナポンの透視、さらには俺の錬金術……破格すぎる。

「まあいい。それくらいのリスクは承知の上だ。このくらいでは止まれん」

それはそうだ。目の前には何億、何十億という金が見えているのだから。

「敵は潰すだけよ」

「ああ。今回みたいなのは容赦しなくてもいい。こちらも警戒を強めておく」

「お願いするわ」

「任せろ……ところで、カエデが今日は引っ越しをするっていうことで休んでいるが、なんでだ？　お前、詳しい話を知っているか？」

　ちっちぇー……

「実に奇遇ね。私も引っ越しをするの。だから帰るわ」

「私は早いと思うなー……お前ら、まだ二十六歳と二十四歳だろ」

　早くなくね？　普通じゃね？

「サツキさん……これだけは言っておく。邪魔するな。マジで殺すぞ」

「ハァ……男はああいうのがいいのかねー？　あいつ、わざとらしいくらいにあざといだろ」

　それがいいんだよ。

「男は度胸、女は愛嬌って言うでしょ」

　笑顔が一番。一緒にいて楽しいもん。

「言うなー……じゃあ、お前は最強か？」

　そうそう。俺、強いし……って誰がオカマだ！

◆◇◆

　私はギルドを出ると、駅に向かって歩いている。

　沖田さんって朝倉さんのことになると、気持ち悪くなるなー……

　沖田さんは朝倉さんにものすごく依存している気がする。仕事で病んでいたようだが、それで朝倉さんの優しさに溺れたのだろうか？

まあ、私には関係のないことだ。正直、あの二人の関係性には関わらない方がいいだろう。

それよりも今は……

立ち止まり、路肩に駐車している黒塗りの車を見る。すると、車のドアが開いたのでその車の後部座席に乗り込む。

「お嬢様、どうでしたか？」

車の後部座席にいた黒いスーツにサングラスの男が聞いてくる。

「失敗。三人共、死んだわ。だから言ったのに……」

最初から反対だった。こんな計画が上手くいくわけがないって。

「そうですか……何がありました？」

「ハリーとクレアが来たわね。まあ、あの二人は特に問題ない。問題は黄金の魔女よ。あれは正真正銘のバケモノ。あの三人のうち、二人を瞬殺。しかも、雑魚って言ってたわよ？」

「ウチの精鋭を雑魚ですか……やはり本物の魔女だったか」

お金集めの魔女だけどね。あと人斬り。

「こんなことは二度とごめんよ。パパは？」

「手筈通りにいっております。すでに入院され、今夜が峠でしょう」

「そう、ならいいわ。こんなクソみたいな計画を練るアホはいなくていい。これからは私が仕切るわ」

「承知しました。ただ反対する者も出るかと……」

反対？

「私には従えないと？」

「お嬢様は若いですし、日本にいます。香港の連中は別の人間を立てるでしょう」

チッ！　めんどうな！

「消しなさい。私に従えない者は不要」

「かしこまりました、お嬢様」

「そのお嬢様はやめなさい」

「わかりました、ボス」

ボスかー……まあ、そうなるか。

「よろしい。私の透視に見えないものはない。敵対勢力は全部潰す」

「ボスはどうされます？　香港に行かれないのです？」

「日本語しかしゃべれないわよ」

日本生まれ、日本育ちの私には中国語も英語も無理。

テストはほぼ百点だけどね。

「教えましょうか？」

「めんどくさい。最悪は魔女から翻訳ポーションを仕入れるわ。それに今は香港よりも日本よ。せっかく黄金の魔女と繋がりができたのよ？　これを逃してどうする？」

最初はギルマスさんにカンニングがバレるわ、ロクに会ったこともないパパにくだらないことを指示されるわ、で最悪と思ったが、事は好転している。

　エレノアさんについていけば、本当に黄金を見せてくれるだろう。

「では、引き続き冒険者ですか？　正直、不安なんですが……」

　どうせ、弱っちいわよ！

「香港に行くよりマシよ。それに黄金の魔女がいる。問題ないわ。それよりも黄金の魔女に群がるゴミ共をどうにかしなさい」

「わかってます。ですが、アメリカは厳しいです」

「あれは放っておきなさい。バカと金に目がくらんだアホよ」

　あれは本当に大丈夫なのだろうか？　敵ながら心配になる。

「承知しました」

「あ、それとギルドに手を出したらダメよ。ギルドに侵入したでしょ」

　ホント、やめてよ……

「前のボスの指示ですね。私もどうかと思っていました。さすがにギルドを敵には回せません。世界中のギルドを敵に回すことになります。そうなれば我らは終わります」

「わかってるならいい。黄金の魔女は私が対処する。お前達は外敵の排除。わかった？」

　こいつらにエレノアさんが沖田さんなことを言うつもりはない。そんなことをしたら私が止めても沖田さんをどうにかしようとする可能性があるのだ。

　私的にはそれは困る。ギルマスさんに透視のことを大学にバラされてしまい、退学になってしまうからである。女手一つで育ててくれたママを悲しませたくないし、楽しい大学生活を捨ててまで就職もしたくない。

もっと言えば、沖田さんは大人しい人間ではないし、人斬りだから当然、反撃する。そして、沖田さんの性格上、正体がバレた時点でエレノアさんを捨て、逃げるだろう。

それは非常に困る。

「承知しました」

「なら結構。後のことはお前に任せる」

そう言って、車を降りる。

「送っていきましょうか？」

「いらない。買い物をして帰る」

「そうですか……では、また何かあれば連絡します」

「よろしく。ばいばい」

車から降りると、駅に向かい、電車に乗った。そして、目的地に着いて電車を降り、駅から出る。

そこから少し歩くと物陰に隠れ、透視を使う。

あ、帰ってきてる……

私の視線の先にはエレノアさんがいる。エレノアさんはすでに家に帰っているようだが、私の透視は家の中だろうがどこだろうが、見えるのだ。

エレノアさん……ホントにかっこいいなー……私もあんな風になれるんだろうか？

私がじーっと見ていると、エレノアさんがポニテを解いた。

あ、解いちゃうんだ。もったいない……

髪を結ぶのも最初はドヘタだったけど、今は上手になっている。私もこの前の土日に隠れて応援していた甲斐があった。

ずーっとエレノアさんを見ていると、エレノアさんが服を脱ぎだした。

エレノアさん……ホントにスタイルいいなー。羨ましい。

服を脱いだエレノアさんは何かのポーションを飲みだす。すると、エレノアさんの姿が沖田さんに変わった。

沖田さん………邪魔。早くエレノアさんに戻れ。

お前は怖いんだよ！

なんで躊躇なく剣を振り下ろせるんだ？　あと、笑いながら人を斬るんじゃない！

朝倉さんはあの男のどこがいいんだろう？　や、やっぱり、セ、セフレなのかな……？

か、監視しないと……！

◆◇◆

俺は家に帰ると、エレノアさんから沖田君に戻り、買い物に出かけた。この日はこの家で過ごす最後の日なので、無駄にいっぱいつまみを買い、夕方から一人で飲み始める。

「あー、こうやって一人で飲んでると、あの時を思い出すなー……」

会社をクビになり、ヤケ酒を飲んでいた時だ。

将来の不安、クビになった悔しさ、自分のふがいなさ……あの時が人生で一番最悪だった時だろう。

だが、深夜に冒険者募集のCMを見て、人生が変わった。カエデちゃんと再会したし、錬金術という破格すぎるスキルを手に入れた。

そんな俺は今や二十億円近い金を持ち、明日からかわいい後輩と一緒に住む。今、あの時と同じ状況で一人で飲んでいるが、気持ちは天と地だ。

俺は今、スマホを見ながら酒を飲んでいる。カエデちゃんから逐一メッセージが届くのだ。

『リビングひろーい』

『先輩の部屋にお花を飾っておきます！』

『見て見てー！　部屋が完成！』

カエデちゃんは写真と共に実況をしてくれている。もう電話でいいんじゃないかと思う。でも、送ってくれた花の写真はきれいだったし、カエデちゃんの部屋はかわいらしかった。

『お風呂きれーい！　気持ちいい！』

カエデちゃんはお風呂に入ったらしい。でも、今回は写真がない。

『写真を貼り忘れてるよ？』

カエデちゃんはドジだなー。

『先輩が酔っているのはわかります』

このメッセージと共に黄色のひよこの写真が送られてきた。子供かよと思ったが、かわいいので良しとする。

『明日の昼前に行くからねー』

『そば作ります！』

カエデちゃんがそばを作ってくれるらしい。

『楽しみにしてる！』

『麺類なら任せてください！』

まあ、茹でるだけだもんな。わかる、わかる。

ナナポン誘拐事件の説明は明日すればいいやと思い、カエデちゃんと他愛のないやり取りをしながら酒を飲んだ。当たり前だが、会社をクビになった日に飲んだ酒より、数倍も美味しかった。


翌朝、すべての荷物をアイテム袋に収納すると、大家さんと管理会社の人が部屋の状態を見にやってきた。

部屋の退去の立合いを終えると、俺は大家さんに菓子折りを渡し、お世話になったことを伝え、家を出る。そして、隣の部屋のインターホンを押した。

インターホンを押して、しばらくすると人相の悪いおっさんが出てくる。寝ぐせもすごいし、寝ていたのかもしれない。

「あん？　って、隣の兄ちゃんか……」

　お隣さんは不機嫌そうだ。

「おはようございます。寝てました？」

「まあな。何か用か？」

「実は今日で引っ越すことになったんですよ。お世話になりました。あ、これ、なんか高いお菓子です」

　紙袋に入った菓子折りを渡す。

「あー、引っ越すのか……わざわざありがとよ」

　お隣さんは菓子折りを受け取り、礼を言ってきた。

「なんで引っ越すか知りたいです？」

「お前って、たまにうざいよな。この前の子と住むのか？」

　おや？　わかるらしい。

「そうでーす」

「おめでとさん。最近、うるさかったもんなー」

「あ、聞こえてました？」

「ここ、壁が薄いし、お前ら騒ぎすぎ。いつおっぱじめるかと思ったわ」

　こらこらー。

「カエデちゃんのかわいい声は聞かせない！」

「うっぜ……なあ、お前、俺が怖くないのか？」

お隣さんが変なことを聞いてくる。

「正直に言えば、怖いです。肉じゃがのおすそわけはないですよ。あれはマジで悩みました」

肉じゃがをくれるのって女子大生か旦那に構ってもらえない寂しい主婦じゃないの？　食べて容器を返す時に部屋に入れてくれるんじゃないの？　俺は教科書でそう学んだぞ。

「そっちじゃねーわ……まあいい。あれは女が作ってくれたもんの余りものだよ。貧乏で憐れなお前にやっただけ」

貧乏⁉　憐れ⁉

「そんなにひどく見えました？」

「死んだ魚の目をしてたからな……それに一時期ヤバかった」

「ヤバい？」

「夜中に騒ぎ出すし、風呂場で怒鳴ってたろ。『あいつ、斬り殺す』とか、『死にたい』とか……マジでうるさかった」

記憶にありませんが？

「え？　幽霊？　俺じゃないでしょ」

「いや、お前。ひどい時は壁ドンしてた」

「うーん、覚えてない。酒かな？」

病んでた時だろう。

「まあ、あの時に比べたら女と騒ぐくらいは問題なかったわ。全然、始まんねーなと思ってたくらいだ」

聞き耳立てんな！

「なんか色々と迷惑をかけたようですみません」

逆の立場でも俺みたいなお隣は嫌だわ。

「まあ、気にすんな。元気でやれよ。かわいらしい子だったじゃねーか」

「わかりますー？　かわいいんですよ」

めっちゃかわいい。

「殴りてーな、おい」

「やめてくださいよ」

暴力反対！

「まあ、殴んねーわ。お前、強そうだし」

「わかります？　実は剣術をやってたんです」

「それで物怖じしないのか……そうなると、斬り殺すって叫びが怖いな。お前、会社辞めてよかったと思うぞ。そのうち、事件を起こしそうだわ」

確かに会社であのクソ上司を斬る想像を何度もした。

「もう大丈夫です。心は癒えました」

「ならいいわ。ニュースでお前を見たら笑えん。まあ、頑張れや」

「ありがとうございます。お世話になりました」

頭を下げ、改めて、お礼を言う。

「おう！　あ、ちょっと待て！」

お隣さんは俺を止めると、部屋の奥に行く。何だろうと思いながらちょっと待っていると、すぐに戻ってきた。

「ほれ、これやる」

お隣さんは二枚のカードみたいな紙を渡してくる。

「名刺？　え？　社長さん？」

名刺には会社名と名前、役職が書いてあるが、役職が社長だった。

「まあな」

「やーさんじゃないの？」

○○組じゃないの？　まあ、その場合、名刺はねーか。

「そういうもんだ。お前は知らなくていい」

「ふーん……でも、なんで二枚？　カエデちゃんには渡さないですよ。粉をかけようとしたら首を刎ねますよ」

「お前はマジでやりそうで怖いわ。いや、この前の女に渡してくれ。お前のジャージを着てた長い黒髪の女」

エレノアさんね。

「ふーん」

まあ、あんだけテレビに出ていればわかるか。

「何かあったら言えや。力になってやるぞ。お隣さんの縁で料金は割り引いてやる」

「わかりました。伝えておきます」

「ああ、じゃあな。俺は寝る」

「おやすみなさい。本当にありがとうございました」

「おう！」

お隣さんは扉を閉めた。さて、これで終わりだ。

行こう……俺の新居に！

アパートの敷地を出ると歩いて駅まで向かい、電車に乗った。そして、目的地である練馬駅に到着し駅を出て、新居のマンションに向かう。

歩いて数分経つと、マンションに到着した。階段を上がり、部屋の扉の前に立ってインターホンを押す。

「はいはーい」

インターホンを押し、ちょっとすると扉が開いた。もちろん、扉を開けたのはカエデちゃんだ。

今日のカエデちゃんは薄ピンクのシャツにスカートをはいている。でも、今日のスカートはちょっと短い。

「来ちゃった」

てへっ！

「いや、何をうざい彼女みたいなことを言ってるんですか……普通に入ってきてくださいよ」

カエデちゃんが呆れている。

「カエデちゃんが着替え中だったらマズいし」

「そんなラッキースケベは起きませんよ。自分の部屋で着替えますから」

「いや、カエデちゃんの部屋に行くかもだし」

「ラッキーじゃなくて、確信スケベじゃないですか……もう！　おそばを茹でてるんですからアホなことを言ってないで入ってください」

カエデちゃんが中に入っていったので俺も中に入り、自分の部屋に行く。

そして、荷物を置きリビングに向かった。

「先輩、もうちょっとでできますんで座って待っててください」

カエデちゃんがそう言うのでリビングにあるテーブルに座った。リビングはキッチンのそばに食事用のテーブルが置いてあるのだ。そして、奥の窓際にはテレビとL字のソファーが置いてある。

俺が席につき、リビングを見渡していると、カエデちゃんがそばを持ってきた。

「お待たせー。引っ越しそばでーす。自分達で食べちゃいまーす」

カエデちゃんはそばをテーブルに置いて、俺の対面に座った。

「天そばだね」

そばにはエビ天が二つほど載っていた。なお、カエデちゃんは一つだけ。女の子だもんね。

「作りましたー」

「嘘つけ」

そばのためにわざわざ揚げんだろ。

「パックから出して載せたんです。これは作ったと言っても過言ではないです」

過言だね。まあ、いいけど。

「いただきます」

「いただきまーす」

俺達はそばを食べ始める。

俺は会社をクビになったが、錬金術という破格のスキルとパックからエビ天を出すことができる料理上手な嫁さん（予定）を手に入れた。

番外編 ―― Extra edition

私が自分の部屋でのほほんと過ごしていたら、スマホが鳴った。

「ん？　誰？」

スマホを見ると、見たことのない番号が表示されている。

普通なら出ずに無視する。無視するが……

何となく嫌な予感がしたので通話ボタンを押し、スピーカーモードで電話に出た。

「もしもし……？」

「もしもし？　横川ナナカか？」

誰だろうと思い、電話に出たが、声は女の人だ。だが、なんとなく偉そうだし、友人ではなさそう。

え？　誰？　大学の先生？

「そうですけど……」

「そうか。私は池袋支部の支部長である桜井だ」

え!?　支部長!?　私が所属しているギルドのギルマスじゃん！

「こ、こんにちは。どうされたんです？」

もしかしてギルドに来てないから降格？

「横川、お前にはある嫌疑がかけられている」

嫌疑⁉　まさかパパのことがバレた⁉

「な、何ですか？　私は何もしていませんよ⁉」

ホントにホント！

「横川、君のスキルに透視というものがあるね？」

え？　な、なんで⁉　このスキルは誰にも見えないはず！

「し、知りません！　私には何のことか、さっぱりわかりません」

「隠すな。君がこのスキルを使って、大学受験を不正に合格したことはわかっている」
バ、バレてる⁉　ヤバい！　ヤバい！　ヤバい！　大学を退学どころかパパに殺される！
「し、知りませんっ！　切りますよ！」

電話を切ろうと、スマホに手を伸ばす。

「横川、私はこのことを大学に言うつもりはない」

え？

「ほ、本当ですか？」

あ、やば。これでは自白しているようなものだ。

「ああ。もちろん、君の態度次第だがね」

態度……

「あの態度って？」

「このことは親にも大学にも黙っておいてやるし、上にも報告しない。その代わり……わかるよね？」

……クズが！

そんなシチュを漫画で読んだことあるし！

「お、お願いします！　何でもしますから親と大学には言わないでください！」

ムカつくが、親はマズい。パパはあれだし、何よりも大学合格をあれだけ喜んでくれたママを悲しませたくない。

「そうか、そうか。じゃあ、言うことを聞けよ」

くっ！　今に見てろ……透視の恐ろしさを教えてやるからな。こっちはトイレまで覗けるんだぞ！　……いや、そんなもんを覗いてどうする。

「言うことって？」

「ちょっとお願いがあるんだよ。お前、全然フロンティアに行ってないだろ」

確かに大学に入ってからは行ってない。

「すみません。大学が忙しくて……」

「テストなんかどうせカンニングだろうが。とにかく、冒険者に復帰しろ。それととある男と組め」

は？　男？

「あ、あの、男の人はちょっと……」

私、男、嫌い。本当に嫌い。

「大丈夫。そいつはウチの受付の子にぞっこんのアホだから」

「受付？」

誰だろ？

「カエデ……朝倉だな」

あー、朝倉さんかー。かわいらしいし、頼りになるお姉さんだった。さぞ、モテるだろうとは思っていた。

「朝倉さんですか。知ってます」

「じゃあ、話は早いな。カエデの彼氏だから安心しろ」

彼氏さん？　もしかして、朝倉さんの彼氏だから心配なのかな？

「あの、なんで私がその彼氏さんと組まないといけないんです？」

「事情はまた今度話すが、端的に言えば、そいつ、期待のルーキーだから面倒を見てくれ」

いや、面倒って……

「私、そんなに経験ないですけど……」

「大丈夫。お前は有望だし、透視もある。沖田君と上手くやってくれ。じゃあ、そういうことだから」

「え？　あ、あの⁉　って、切れたし……」

えー……有無も言わさない感じだったぞ……ど、どうしよう？

でも、透視のことがバレているし、逆らえない。

「と、とりあえず、沖田さんとやらを調べてみるか……」

翌日、私は池袋支部前に来て透視を使い、建物の中を見てみる。池袋支部は相変わらず人が少ないが、受付前に一人の男性が立っていた。

その人は受付の女性と話していると受付を離れ、建物を出てくる。

あれが沖田さんかな？　受付の人は朝倉さんだったし、楽しそうに話していたから多分、そうだろう。

私はどこかに歩いていく沖田さんらしき人のあとをつける。すると、沖田さんらしき人が電車に乗ったので自分も電車に乗る。そして、沖田さんの対面に座り、本を読む。

もちろん、本を読む気はない。これはカモフラージュだ。

本を読むフリをし、透視により本の向こうにいる沖田さんらしき人を見ると、さらに透視する。

財布、財布……あった。えーっと、あ、免許証がある……沖田ハジメ？　この人が沖田さんで正解だな。

透視は慣れたものだから私の前にはすべてが丸裸なのだ。

沖田さんであることを確定させると、沖田さんがとある駅で降りたため、自分も降り、さらに沖田さんをつけていく。すると、沖田さんがとあるアパートに入っていった。

ここが沖田さんの家？　うーん、あの人、本当に朝倉さんの彼氏さんなんだろうか？　パッとしない人だったし、こんな家に住んでいる人があの朝倉さんの彼氏？　いやまあ、男女のことはわからないしな……

私はとりあえず、沖田さんの家を把握したのでこの日は家に帰った。

そして、翌日からずっと沖田さんの家の前で監視をしている。沖田さんがどういう人かわからないし、最悪は弱みを掴めばいいと思っているのだ。そうすれば、組むフリをして、フロンティアで別行動を取れる。沖田さんが何も言わなければギルマスさんも気付かないだろうし、そうしている間にギルマスさんの弱みを掴めばいいのだ。

私が完璧な作戦だなと思いながら沖田さんの部屋を覗いていたら、沖田さんが立ち上がった。

あっ……

さすがに目を逸らした。沖田さんが服を脱ぎ始めたからだ。私に男の人の裸を見る趣味はない。

そのまま目を逸らし、ある程度の時間が経ったので着替え終わったかなーと思って、沖田さんの部屋を再び見てみると、沖田さんが家を出るところだった。

私はそのまま沖田さんについていき、電車に乗る。

冒険に行くのかな？

沖田さんはやはり池袋で降りた。しかし、そのままギルドに行くのかなと思っていると、沖田さんが公園に入る。

ん？

何をしているんだと思い、あとをつけていく。沖田さんが公園のトイレに入った。

んー？　トイレ？　我慢できなかったのだろうか？　でも、ギルドが目の前なのに……

変だなーと思って、透視を続けていると、沖田さんがトイレの個室に入る。

さすがにそこまで見て、目を逸らした。いくらなんでもそこまでは覗かないし、覗きたくもない。

少し時間が経ち、そろそろかなーと思い、トイレの方を見る。

「ん⁉　は⁉」

外だというのに思わず声が出た。

何故なら、トイレの個室にはさっきまでいた沖田さんがいなくなっており、代わりに金髪の女性がいたからだ。

はいぃ⁉　どうなってるの⁉　沖田さんは⁉　ってか、誰ぇ⁉

私はとにかく、混乱した。しかし、その金髪さんがトイレから出ようとしたので慌てて、女子トイレの方に入り、透視を続ける。すると、金髪さんはギルドの方に歩いていった。

トイレから出て、こっそりついていき、金髪さんがギルドに入ったところで足が止まる。

一体、どうなっているんだろうか？　もしかして、あの金髪さんが沖田さん？　いや、私の透視の前には変装も意味をなさない。あれは間違いなく女性だった。

うーん、とりあえず、張ってみるか……

私はその場で待つことにする。しばらくというか、かなりの時間をそこで待っていると、ギルド内に金髪さんが現れ、朝倉さんと話をしているのが見えた。

やっとか……私もギルドに入って、あとをつければよかったかな？　いや、準備もしていないし、ブランクのある私がいきなりフロンティアはさすがに無理か……

その場でそのまま待っていると、金髪さんがギルドから出てきた。そして、公園の方に歩いていく。

私は見つからないように建物の陰に隠れながらあとをつけていくと、金髪さんがトイレの前でキョロキョロと辺りを窺い始めた。

何をしているんだろう？

疑問に思っていたら、金髪さんがトイレに入った…………男子トイレに。

え？　どういうこと？　いやでも、来る時も男子トイレだったな……

今度は目を逸らさないように金髪さんをじーっと見る。すると、金髪さんは個室に入り、服を脱ぎだした。

スタイルいいなー……しかも、長い金髪が本当にきれいだ……でも、トイレの中なんだよなー。

そのまま見ていると、金髪さんはトイレの個室の中で全裸になる。そしてカバンから何かを取り出した。

ん？　ポーション、かな？

何だろうと思い、見続けていると、金髪さんがポーションらしきものを飲む。すると、金髪さんの姿が変わる。

「はえっ⁉」

　またしても声が出てしまった。だが、仕方がない。金髪さんがポーションらしきものを飲むと、金髪さんの姿が沖田さんに変わったのだ……ってか、全裸ー！　沖田さんの沖田さんが見えてるー!?

　とはいえ、目を逸らすことができない。もちろん、沖田さんの沖田さんを見たいわけではなく、姿が変わったことがおかしいからだ。

　性別が変わった？　しかも、髪の長さや色まで変わっている……まさか……

　脳裏にある一つの可能性が浮かんだ。

　私と同じ特殊なスキル持ち？　だからギルマスさんが沖田さんと組めと言った？

　ありえる……だが、沖田さんはどういうスキルだろう？　姿を変えるスキルだろうか？　しかし、何故、姿を変える必要がある？　以前、沖田さんは男の姿でフロンティアに行っていた……気になる。

　私は着替え終わった沖田さんをつけて、彼の家まで戻ると、じーっと彼の部屋を見続ける。すると、沖田さんの家の前に朝倉さんがやってきた。

　あ、本当に付き合っているんだ……

　朝倉さんは沖田さんに招き入れられ、部屋に入る。

　ど、どうしよう？　このまま覗いていてもいいだろうか？　だって、恋人同士だし……いや、監視を続けよう。沖田さんの人間性を確かめるチャンスだ。

　その後も覗き続けているが、一向に二人はセッ……お酒を飲んだままだ。

あの二人、よく飲むなー。それに楽しそう……でも、セッ――え!?
二人を覗いていると、朝倉さんと目が合った……いや、気のせい、か？
でも、朝倉さんは明らかにこちらを見ている気がする……マズい！　逃げよう！
私はなんとなく怖くなって、その場から逃げ出した。

その後の私は沖田さんの部屋を覗く日々を続けた。そうこうしていると、あの金髪さんがテレビに登場した。

テレビでの金髪さん……エレノアさんというらしいが、エレノアさんは本当にかっこよかった。悪そうだが、ミステリアスで底が見えない感じがする。私はテレビを見て、いいなーっと思った。

そして、テレビを見終えると、スマホが鳴った。

スマホの画面には【パパ】と表示されている。

パパからの電話なんて一体何年ぶりだろうか？　昔はパパからの電話が待ち遠しかったし、何度も会いたいと願った。だが、この歳になると、パパがどういう人間なのかもわかっているから正直、もう会いたくもないし、話したくない。とはいえ、無視もできないだろう。

それに用件は……

私は先程までエレノアさんが大暴れしていたテレビをチラッと見て用件を察し、スマホに手を伸ばした。

これで私の平穏で楽な人生が大きく変わるんだろうなと確信しながら……

本書に対するご意見、ご感想をお寄せください。

あて先

〒162-8540 東京都新宿区東五軒町3-28
双葉社　モンスター文庫編集部
「出雲大吉先生」係／「カリマリカ先生」係
もしくは monster@futabasha.co.jp まで

Mノベルス

地獄《じごく》の沙汰《さた》も黄金次第《おうごんしだい》　～会社《かいしゃ》をクビになったけど、錬金術《れんきんじゅつ》とかいうチートスキルを手《て》に入《い》れたので人生一発逆転《じんせいいっぱつぎゃくてん》を目指《めざ》します～②

2023年12月31日　第1刷発行

著　者　出雲大吉《いずもだいきち》

発行者　島野浩二

発行所　株式会社双葉社
〒162-8540　東京都新宿区東五軒町3番28号
［電話］03-5261-4818（営業）　03-5261-4851（編集）
http://www.futabasha.co.jp/（双葉社の書籍・コミック・ムックが買えます）

印刷・製本所　三晃印刷株式会社

［電話］03-5261-4822（製作部）
ISBN 978-4-575-24707-7 C0093

モンスター文庫

発行・株式会社　双葉社

モンスター文庫

ある日、柊誠一の通っている高校が学校ごと異世界に転移した。デブ&ブサイクの誠一はクラスメイトに仲間はずれにされ、一人森をさまよう。クレバーモンキーが持っていた〝進化の実〟を食べて飢えをしのぐが、ステータスで《運》がゼロの誠一は、カイザーコングのサリアに襲われる。しかし……『私、初メテ。ダカラ、優シクシテネ?』なぜか、サリアに求婚されたァぁぁぁ!? 一途なサリアに〝ゴリラもありかな〟なんて思っていた矢先、2人は悲劇に見舞われる。しかし〝進化の実〟を食べていた2人には、信じられない奇跡が!?――「小説家になろう」発、大人気アニマルファンタジー!

モンスター文庫

発行・株式会社　双葉社